SIBYLLE GUGEL

KALTE REBEN

Alissa Ulmer ermittelt

Ein Stuttgart Krimi

Bibliografische Information der Deutschen Nationalbibliothek: Die Deutsche Nationalbibliothek verzeichnet diese Publikation in der Deutschen Nationalbibliografie; detaillierte bibliografische Daten sind im Internet über http://dnb.dnb.de abrufbar.

© 2017 Sibylle Gugel

Covergestaltung
Idee: Sibylle Gugel
Umsetzung: Nicole Koppe, Berlin

Satz
Diana Schlößin

Herstellung und Verlag
BoD – Books on Demand, Norderstedt

ISBN: 978-3-746017-76-1

»Man führt gegen den Wein nur die bösen Taten an, zu denen er verleitet, allein er verleitet auch zu hundert guten, die nicht so bekannt werden.«

- Georg Christoph Lichtenberg -
Deutscher Aphoristiker und Wissenschaftler, 1742-1799

WUFF

»Hergottsakrament noch amohl! Weg doh jetzt! Sonschd rabbelts im Kardong!«
Wolfgang Faul, stets schlecht gelaunter Chef der kriminaltechnischen Abteilung, der Stuttgarter Mordkommission, war außer sich.
Die Erntehelfer, die zwischen den Reben standen, wirkten verunsichert.
Plötzlich tauchte eine großgewachsene Frau in Gummistiefeln aus den tief liegenden Nebelschwaden auf. Sie stemmte die Arme links und rechts in die Hüfte und fixierte den schwadronierenden Mann im weißen Schutzanzug.
»Ha, was glaubet Sie eigentlich? Mir müsset hier ferdig werde! Die Traube werdet faulig, wenn se zu lang hänget …«
Das resolute Auftreten der Weinbergbesitzerin Marla Haussmann beeindruckte Wolfgang Faul nur für einen kurzen Moment.
»Das kann ja sein, gute Frau. Aber das hier ist ein Tatort!« Und wieder ins Schwäbische fallend fuhr er fort: »Des Abschperrband isch koi Deko … und jetzt – Abmarsch!«
Doch Marla Haussmann ließ sich nicht so einfach abwimmeln. Sie ging noch ein paar Schritte auf Faul zu.

Jetzt stand sie direkt vor ihm.
Kriminalhauptkommissarin Alissa Ulmer, die von Freunden, Verwandten sowie den meisten Kollegen nur »Sissy« genannt wurde, stieg just in diesem Moment aus dem Dienstwagen. Ihr Kollege Kriminalhauptkommissar Eric Jahn, der den Wagen gefahren hatte, stellte sich neben sie.
Das Bild, das sich ihnen bot, brachte beide zum Schmunzeln.
Marla Haussmann überragte den »alten Spürhund«, wie Wolfgang Faul sich gerne selbst zu nennen pflegte, um fast zwei Köpfe.
Sissy, die ebenfalls den Kopf heben musste, um Eric Jahn ins Gesicht sehen zu können, sprach so leise, dass es außer ihm niemand hören konnte.
»Also ich weiß nicht, wie es dir geht ... aber ich finde, Wolfgang sieht im Moment ein bisschen aus wie ein Schlumpf, wenn auch nicht in Blau, der kurz davor ist, vom großen bösen Gargamel gefressen zu werden.«
Erics Schmunzeln grub sich noch etwas tiefer in seine wohlgeformten Wangen. Den Blick immer noch fest auf die ungleich-großen Kontrahenten gerichtet, legte er den Kopf schräg und nickte.
»Ja, kommt hin ...«
In diesem Augenblick hatte der Chef der »Spusi« die beiden Kommissare entdeckt.
»He! Was gibt' s denn doh zom Romschtehe? Machet euer Gschäft und sorget dofür, dass mer die Leud nedd älle Schpure zertramplet!«
Seine pöbelnde Anweisung wirkte allerdings eher wie

ein Hilfeschrei.
Sissy und Eric setzten sich in Bewegung.
»Ist ja schon gut, Wolfgang.«
Eric blieb gelassen, während es in Sissy bereits anfing zu brodeln. Sie hatte im Lauf der Jahre eine herzliche Abneigung gegen Wolfgang Faul entwickelt. Das lag nicht nur an der chronisch schlechten Laune, die er wie ein Markenzeichen vor sich hertrug. Auch seine hasserfüllten Kommentare, die sich vornehmlich gegen Minderheiten, Ausländer oder x-beliebige andere Menschen, die aus irgendeinem Grund nicht in sein handtuchgroßes Weltbild passten, richteten, gingen Sissy zunehmend auf die Nerven.
Plötzlich hörten die Kommissare, die den Hang zwischen den Reben aufwärts stiegen, hinter sich lautes Gebell.
Beide drehten sich ruckartig um.
Wie aus dem Nichts erschien ein großer wolfsartiger Kopf, gefolgt vom dazugehörigen muskulösen vierbeinigen Körper. Die Zeichnung des dichten Fells war außergewöhnlich und schimmerte an manchen Stellen leicht rötlich.
Das Bellen war heißer, wirkte deshalb aber nicht weniger bedrohlich. Während der Hund sich zielstrebig auf Sissy und Eric zubewegte, bemerkte Sissy aus dem Augenwinkel, dass die Hand ihres Kollegen langsam Richtung Dienstwaffe wanderte. Sie hatten beide, während diverser Einsätze, mit Hundeführern der Polizei zu tun gehabt. Und sie wussten dadurch, wozu so ein Tier fähig war.

Der Hund hatte sie und Eric nun fast erreicht. Zu Sissys Erstaunen hatte sich ihr anfänglicher Schreck bereits verflüchtigt. Obwohl sie eher ein »Katzenmensch« war, konnte sie eigentlich fast allen tierischen Lebewesen etwas abgewinnen.
Die meisten werden ja doch nur von Menschen verkorkst und sind nicht von Natur aus böse, dachte sie, und betrachtete neugierig und fasziniert den schönen, wenn auch ziemlich lauten Vierbeiner.
Mittlerweile stand er direkt vor ihr.
Auf einmal hörte sie hinter sich einen leisen, kurzen Pfiff.
Das Gebell stoppte sofort und der Hund saß, wie von Zauberhand platziert, zwischen den Weinreben, als könnte er kein Wässerchen trüben.
Jetzt hab ich' s, dachte Sissy. Er sieht aus, wie ein viel zu groß geratener Fuchs.
Erics Hand hing unterdessen wieder lässig und ruhig am Arm seiner rechten Körperhälfte hinab.
Marla Haussmann kam auf die Kommissare zu. Die Art, wie sie den steilen Hang abwärts stieg, ließ vermuten, dass sie dies von Kindesbeinen an gewohnt war.
Sissy spürte eine gewisse Bewunderung für die fast elegant wirkenden, geschickten Bewegungen dieser Frau. Sie selbst konnte sich, ob des starken Gefälles, kaum auf den Beinen halten. Sie musste permanent darauf achten, nicht das Gleichgewicht zu verlieren. Eric hingegen schien das abschüssige Gelände überhaupt nicht zu kümmern. Und das, obwohl er aus Leer in Ostfriesland stammte, wo es bekanntermaßen nicht gerade von

Gebirgszügen wimmelte.

»Roxy – ab!«

Der Riesen-Fuchs sprang unmittelbar auf und verschwand, den Hang hinunter, im Nebel.

Marla Haussmann stand jetzt direkt vor den beiden Kommissaren.

»Schönes Tier!«, sagte Sissy, anstelle einer Begrüßung. Und beeindruckende Frau, dachte sie leise bei sich.

Die Weinbergbesitzerin maß mindestens einen Meter achtzig und da sie etwas bergauf stand, überragte sie sogar den hochgewachsenen Eric. Ihre hellblonden Korkenzieher-Locken kringelten sich wegen der nebligfeuchten Luft um ihr von Kälte und Wut leicht gerötetes, aber dennoch sympathisch wirkendes Gesicht. Die grünen Augen funkelten allerdings kampfeslustig.

»Ja, das kann schon sein«, verfiel sie ins Hochdeutsche, wobei die Klangfärbung der Region noch deutlich hörbar war. »Aber zum Plaudern habe ich jetzt keine Zeit. Obwohl ... ich habe da eine Frage ... trinken Sie gerne Wein?«

»Jaa ...«, antwortete Sissy gedehnt.

Erics »Jawoll!«, das fast gleichzeitig und wie aus der Pistole geschossen kam, ließ Sissy zu ihm nach rechts schielen, weil sie vermutete, dass er dabei die Hacken zusammenschlug und salutierte. Dem war zum Glück nicht so, denn Marla Haussmann war für Sissys Geschmack schon sauer genug. Man konnte ihre Verstimmung sowohl sehen, als auch an ihrem Tonfall erkennen.

»Aha!«, fuhr sie fort. »Und was glauben Sie, wo der

herkommt?«

»Aus der Flasche?«, war Erics freche Antwort.

Danach hatte sich in Sekundenschnelle eine völlige Wandlung der angespannten Atmosphäre vollzogen.

Marla Haussmanns Wut hatte sich plötzlich wie von Geisterhand verzogen und sie fing an zu lachen.

Eric grinste und Sissy kicherte mit.

»Ja … genau sooo sehet Sie aus!«, gab die Goldbelockte ebenso frech zurück. Sie hatte dabei aber immer noch ein Lächeln auf ihrem Gesicht.

»Sie sind Marla Haussmann?«, fragte Sissy.

»Ja, die bin ich. Und bitte verstehen Sie, dass wir hier so schnell wie möglich fertig werden müssen. Für morgen ist Starkregen angesagt. Der schadet erstens den Trauben und zweitens können wir dann in dem steilen Hang nicht lesen, weil es zu gefährlich ist. Wenn der Boden durch die Nässe instabil wird …«

Sie ließ den Satz in der Luft hängen, aber Sissy, die selbst jetzt, wo der Untergrund nicht allzu weich war, kaum stehen konnte ohne abzurutschen, verstand sofort, was gemeint war.

»Wir machen so schnell wir können. Aber bitte haben Sie Verständnis dafür, dass auch wir unsere Arbeit gründlich machen müssen und wollen.

Da oben liegt ein toter Mensch …«

Die Blässe, die sich unmittelbar hinter Marla Haussmanns gesunder Gesichtsfarbe ausbreitete war nicht zu übersehen.

»… der höchstwahrscheinlich nicht auf natürliche Weise ums Leben gekommen ist. Sonst wären wir nicht

hier.«
Die großgewachsene, zuvor so resolut wirkende Frau schien plötzlich geschrumpft zu sein.
Sie steht unter Schock, dachte Sissy, da liefen Marla Haussmann auch schon die Tränen über die Wangen.
»Ja ... ich weiß ... aber ich verstehe es nicht. Wie kommt der hierher, was ist ... passiert und ... warum ... macht jemand ... so etwas ... ?«
Sissy trat ein Stück näher an sie heran und berührte sachte den Unterarm der Weinbergbesitzerin.
»Um genau das herauszufinden sind wir da. Wir haben bereits alle Personalien von Ihnen und Ihren Mitarbeitern. Wir werden jetzt mit den Befragungen beginnen. Ich verspreche Ihnen, dass wir so schnell machen, wie es geht. Danach können Sie weiterarbeiten. Allerdings, bis wir fertig sind mit der Spurensuche, nur außerhalb des abgesperrten Bereichs. Das verstehen Sie sicher?!«
Marla Haussmann wirkte immer noch etwas angeschlagen, aber sie nickte.
Plötzlich war, leise, still und heimlich, der Hund wieder aufgetaucht. Er saß neben seiner Besitzerin und leckte ihre rechte Hand. Ein Lächeln huschte über ihr Gesicht. Sie bückte sich, und nahm den massigen Kopf zwischen ihre Hände, um ihn am Hals zu kraulen.
»Alles okay, Roxy ... mir geht' s gut«, sagte sie.
Während Sissy und Eric sich dem Grüppchen von Erntehelfern näherte, dachte sie: Schon seltsam ... fast wie bei den Zweibeinern. Die, die am lautesten schreien, sind oft auch die Sensibelsten ... dabei wird häufig das Gegenteil vermutet. Obwohl ...

Sie warf einen Blick zurück über die Schulter, auf den Chef der Kriminaltechnik, der genau in diesem Moment laut fluchend versuchte, in dem steilen Hang nicht die Balance zu verlieren.

… na ja … Ausnahmen bestätigen bekanntlich die Regeln.

EINE KRÄHE HACKT DER ANDEREN ...

Alle Mitglieder der Stuttgarter Mordkommission hatten sich im Besprechungszimmer versammelt. An der linken Seite des Tisches saßen, neben Sissy und Eric, die Kriminalhauptkommissare Edeltraut Schwämmle und Erwin Schober, die ebenfalls eines der Zweier-Teams bildeten, und seit vielen Jahren auch privat ein Paar waren. Kai Diesner, der Jüngste der Abteilung hatte sich in der Nähe der Tür platziert. Seit über einem Jahr war er in den Rang eines Kriminalkommissars aufgestiegen. Er hatte seinen Abschluss mit Auszeichnung bestanden. Sissy mochte »Diesi« besonders gern. Sie fand ihn einfühlsam und clever. Vor allem jedoch schätzte sie seine Nachdenklichkeit. Und er verfügte über die außergewöhnliche Eigenschaft fleißig und ehrgeizig zu sein, ohne dabei jemals den Einsatz von Ellbogen zu bemühen. Er hätte eine Vielzahl von Möglichkeiten gehabt, an anderer Stelle schneller Karriere zu machen. Aber er hatte sich dafür entschieden, seiner alten Abteilung treu zu bleiben. Der Gerichtsmediziner Dr. Herbert Hämmerle saß am rechten oberen Ende und neben ihm die kriminaltechnische Abteilung, bestehend aus den Kommissaren Harald Stark, Sabrina Schönleber sowie deren Vorgesetzten, Wolfgang Faul.

Eric Jahn hatte den Raum irgendwann als Chatroom bezeichnet. Seitdem wurde er auch von allen anderen Kollegen so genannt. Außer vom Chef der Spurensicherung, der befürchtete, dass die deutsche Sprache »wäge dem ganze englische Läddegschwätz irgendwann vor d' Hund geht ...«, sowie vom Polizeipräsidenten, Dr. Wilhelm Staudt, der, wie immer äußerst elegant gekleidet, am Kopfende des langen Konferenztisches thronte. Ungeduldig schob er den feinen Zwirn über sein Handgelenk und blickte demonstrativ auf seine nicht weniger elegante Armbanduhr.

Das allgemeine Gemurmel verstummte sofort, als er ein leises Räuspern von sich gab.

»Guten Morgen zusammen. Was haben wir?«

»Einen Leichenfund im Weinberg«, murmelte Sissy aus Versehen vor sich hin.

Ihr war das nassforsche Tempo ihres Chefs stets ein wenig zu viel. Der freche Satz war ihr allerdings herausgerutscht und sie bereute ihn sofort.

»Danke für den Hinweis, Fräulein Ulmer. Das ist mir, wie auch allen anderen an diesem Tisch, bereits bekannt.«

Wann hört der endlich auf, mich *Fräulein* zu nennen? Wahrscheinlich erst, wenn ich verheiratet bin. Und das wird vermutlich weder in absehbarer Zeit noch ...

»Haben Sie denn, außer diesem allseits bekannten Fakt, vielleicht noch irgendwelche *interessanten* Informationen für uns?«, wurde Sissy von ihrem Vorgesetzten aus ihren Gedanken gerissen. »Oder war es das schon an neuen Erkenntnissen?«

Der Blick, mit dem er Sissy dabei bedachte, erinnerte an den eines Krokodils, das im Wasser lauerte.

Der neben Sissy sitzende Eric Jahn rettete die Situation. Er räusperte sich kurz und trocken.

»Bei der heute Morgen gegen acht Uhr dreißig entdeckten männlichen Leiche handelt es sich, laut den Ausweispapieren, die im Mantel des Toten steckten, um den sechsundfünfzig Jahre alten Jan-Philipp Paul ...«

In Sissy regte sich plötzlich etwas. Seltsam, dachte sie, irgendwie klingt der Name so ... ja, wie eigentlich? Unmelodisch, hölzern ... unvollständig? Doch so schnell, wie ihr der Gedanke gekommen war, war er auch schon wieder verschwunden.

»... Wir haben ihn im Computer, da er obdachlos war und deshalb, in der Vergangenheit, mehrfach von verschiedenen Streifen kontrolliert worden ist ...«

»Oiner weniger von dem faule, nutzlose Pack! Nedd schad drom ...«

Wolfgang Faul hatte seinen Einwurf nur leise zwischen den Zähnen hindurch gequetscht. Trotzdem hatten ihn alle im Raum gehört. Die darauf folgende Stille währte jedoch nur kurz.

Sissy hatte schon seit vielen Jahren genug von den Kommentaren, die der Chef der Kriminaltechnik, landläufig auch als »Spurensicherung« bekannt, bei jeder möglichen und unpassenden Gelegenheit von sich gab. Sie schlug so heftig mit der flachen Hand auf die Tischplatte, dass sie sich einen Kapselriss im zweiten Glied des Mittelfingers zuzog, was sie allerdings erst viel später bemerken sollte.

»Wolfgang! Mir reicht' s jetzt! Ich hab die Nase voll von deinen Bildzeitungsparolen. Hör gefälligst endlich auf damit! Sonst vergesse ich mich ...«

Sie fixierte das von ihr angesprochene Gegenüber dabei mit einem Blick aus dem tausend Blitze schossen.

Die Augen des »alten Spürhundes« weiteten sich auf Glubschgröße. Sein Gesicht nahm in Sekundenschnelle eine purpur-ähnliche Farbe an.

Sabrina Schönleber, die direkt neben ihrem Vorgesetzten saß, versuchte, ein Lachen zu unterdrücken. Ihre Abneigung gegen ihn stand der von Sissy in nichts nach. Allerdings hatte sie im Laufe der Jahre ihre eigene Strategie entwickelt, um ihrem Chef zu zeigen, was sie von ihm hielt.

Der Gescholtene holte Luft und wollte etwas erwidern, aber der Polizeipräsident kam ihm zuvor.

»Inhaltlich nicht von der Hand zu weisen, Ihre Brandrede, Fräu ... ähm, Frau Ulmer. Aber der Tisch kann schließlich nichts dafür ... und schreien sollte hier auch niemand. Danke! Zurück zum Thema. Herr Jahn, bitte fahren Sie fort.«

Alle konzentrierten sich unmittelbar wieder auf Eric. Allein die trotzig-verschränkten Arme und der beleidigte Blick Wolfgang Fauls erinnerten noch an Sissys vorangegangenen Ausbruch.

»Bei mir hat heute Morgen schon etwas geklingelt, als klar war, dass es sich bei dem Toten um einen Wohnsitzlosen handelt. Ich hab daraufhin ein bisschen in unserem Intranet recherchiert. Es gab da mal einen Fall in den Achtzigern, in Mainz. Kollegen von der Schutz-

polizei haben nachts, im Winter, bei Minusgraden einen betrunkenen Obdachlosen in den Weinbergen bei Nackenheim ausgesetzt. So nach dem Motto: Wir *säubern* unsere Innenstadt. Der Mann ist gestorben. Ich habe das für einen schlimmen Einzelfall gehalten, aber – weit gefehlt! Solche Vorfälle gibt es immer wieder. Bis heute. Wenn auch nicht exakt so, sondern in abgewandelter Form. Und zwar fast überall in Deutschland.«
Die langen Gesichter am Tisch und das ein oder andere Kopfschütteln sprachen Bände.
»Ha, wahrscheinlich ...«
Wolfgang Fauls Gesichtsfarbe veränderte sich erneut.
»Was soll denn *der* Käs? Ond am End noh wäge so Oim des eigene Neschd beschmutze, oder wie oder waas? Des glaubsch doch wohl selber nedd, Kerle!«
Der angesprochene »Kerle« richtete sich ein wenig auf. Sein Gesicht war ernst, seine Stimme ruhig aber fest, als er antwortete.
»Du kannst gern selber nachschauen, wenn du mir nicht glaubst, Wolfgang. Das ist alles intern untersucht und dokumentiert worden. Ich verstehe deine Wut. Ich hätte das auch nicht für möglich gehalten ... aber es ist nun einmal Fakt, dass solche Dinge passieren. Und es ist unser erster, und bisher leider einziger, Ermittlungsansatz.«
Angesichts des souveränen Mini-Vortrages verabschiedete sich der Wind aus den Segeln des Spusi-Chefs. Der Teint blieb jedoch beständig und der Gesichtsausdruck entsprechend missmutig.
»Und die Befragung der Zeugen hat überhaupt nichts

gebracht?«, wollte Dr. Staudt wissen.
»Leider nein!«, antwortete Eric. »Das Grüppchen, das zur Weinlese dort war ... nun ja ... sie waren alle einigermaßen geschockt. Aber anscheinend weiß niemand, wer der Mann ist beziehungsweise war, und aufgefallen ist auch niemand etwas.«
Auf der Stirn des Polizeipräsidenten war eine kleine aber dennoch gut sichtbare Falte zu erkennen, als er sich an den Rechtsmediziner zu seiner Linken wandte.
»Haben Sie denn vielleicht schon etwas Erhellendes für uns, Herr Kollege?«
Der Angesprochene räusperte sich und blickte einen nach dem anderen in der Runde an, um sich der allgemeinen, ungeteilten Aufmerksamkeit sicher sein zu können.
»Der genaue toxikologische Befund steht noch aus. Dennoch habe ich bereits einige bemerkenswerte ... ich nenne es einmal *Unstimmigkeiten* feststellen können.«
Es war mucksmäuschenstill. Dr. Hämmerle hatte sein Ziel erreicht.
»Mir war bereits am Fundort der Leiche aufgefallen, dass der Tote stark nach Alkohol roch ...«
Sissy teilte für einen Moment ihre Aufmerksamkeit indem sie Wolfgang Faul einen warnenden Blick zuwarf. Allerdings traute dieser sich wohl nicht, den resoluten Rechtsmediziner durch einen weiteren Kommentar zu unterbrechen.
»... jedoch passen dazu weder der gute, körperliche Allgemeinzustand des Toten, noch der seiner Leber – gesund, wie die eines wohlernährten Teenagers ...«

Dr. Staudt war mutiger als der Chef der Spurensicherung.
»Hört, hört! Das ist tatsächlich sehr interessant!«, gab er von sich.
Der Gelobpreiste nickte nur knapp und fuhr fort.
»Was der Theorie, die von Kollege Jahn bereits angedeutet wurde, ebenfalls nicht entsprechen möchte, ist die Tatsache, dass der Mann den Alkohol, den er ausdünstete, offensichtlich nicht freiwillig zu sich genommen hat. Ich habe Reste von Klebstoff an den Hand- und Fußgelenken entdeckt. Außerdem waren sowohl sein Rachen als auch der obere Teil seiner Speiseröhre wund und weisen kleine Verletzungen in Form von Rissen auf ...«
»Das heißt, man hat ihm irgendetwas Alkoholisches eingeflößt, beziehungsweise unter Zwang verabreicht?«, wollte Erwin Schober wissen.
»Genau so ist es!«, war die knappe Antwort.
Fragende, überraschte und zum Teil angewiderte Blicke wanderten am Tisch entlang.
»Sie wissen, geschätzte Kollegen, ich spekuliere nicht gerne ... ich bin Wissenschaftler ...«
Jetzt macht es unser »Herbi« aber auch absichtlich spannend. Hat er sich das etwa bei unserem fauligen Faul abgeguckt?, dachte Sissy.
Denn normalerweise war es der Chef der Kriminaltechnik, der versuchte, das Vortragen seiner Ergebnisse, durch überflüssige und unnötig lange Pausen, besonders interessant wirken zu lassen.
»... aber ich denke, dass hier versucht wurde, es nach

genau solch einer, wie vom KHK Jahn beschriebenen, *Säuberungsaktion* aussehen zu lassen.«
Er ließ seine Worte für einen Moment die entsprechende Wirkung entfalten und fuhr dann, in völlig neutralem Ton fort, was seinen Worten jedoch in keiner Weise die Gewichtung nahm.
»Ich kenne den erwähnten Fall, aus erster Hand. Der damals zuständige Kollege, mit dem ich bis heute befreundet bin, hatte mich um meine Meinung gebeten. Wir waren ja damals noch recht jung und etwas grün hinter den Ohren. Ich bin dorthin gefahren und habe eine zweite Leichenschau durchgeführt. Justus hat danach in Erwägung gezogen, dem Staatsdienst den Rücken zu kehren und eine reine Universitätslaufbahn einzuschlagen. Zum Glück hat er sich dann doch anders entschieden.«
Er drehte sich nun mit dem Oberkörper nach rechts und adressierte seine weiteren Worte direkt an Wolfgang Faul.
»Ich verstehe genau wie Kollege Jahn sehr gut, dass man es nicht wahrhaben will oder kann, dass sich derart inakzeptable, ungeheuerliche Vorgänge in den eigenen Reihen zutragen … aber ich denke, wir alle erinnern uns noch gut an den Mordversuch an einer Kollegin. In diesem Fall wurde der Ex-Mann angeklagt und verurteilt, bis sich viele Jahre später herausstellte, dass der wahre Täter ihr Lebensgefährte war … ein Polizeibeamter.«
Durch Sissys Kopf wanderten die damaligen Schlagzeilen der Zeitungen wie die Laufbänder des Börsenti-

ckers. Und sie erinnerte sich an die ein oder andere heftige Diskussion im Kollegenkreis. Und als sie in die Runde blickte, konnte sie sehen, dass es allen anderen genauso ging.

»So, und nun entschuldige ich mich für den kleinen Exkurs und komme zum springenden Punkt, den Sie alle aber vermutlich schon aus meinen Ausführungen schlussfolgern konnten … ?!«

Als er sich umsah und die Ratlosigkeit in den Augenpaaren am Tisch bemerkte, seufzte er leise und fuhr fort.

»Dass der oder die Täter versucht haben, es so aussehen zu lassen, wie in diesem Fall aus den Achtzigern kann eigentlich nur bedeuten, dass er oder sie davon Kenntnis hatte beziehungsweise hatten. Und da diese Geschichte schon so lange zurück liegt, vermute ich, dass es entweder jemand aus dieser besagten Region sein muss, der über ein ausgesprochen gutes Gedächtnis verfügt. Oder …«

»… es war doch einer von uns …«

Edeltraut Schwämmle hatte den Satz des Pathologen nur halblaut zu Ende gesprochen. Trotzdem hing er wie eine bleischwere Kugel über dem Konferenztisch.

Dr. Hämmerle nahm seine goldgerahmte Lesebrille von der Nase, klappte sie vorsichtig zusammen und lehnte sich zurück.

»So ist es Frau Kollegin … Leider! Aber so ist es.«

BUTTERFLIEGEN

»Grüß disch, Engelschen. Herein, herein!«
»Hallo Omi. Wie geht es dir?«
Sissy, die auch nicht gerade die Allergrößte war, musste sich ein ganzes Stück bücken, um ihre Großmutter in die Arme schließen zu können.
Franziska van Zanten war eine kleine und zierliche Frau. Aber – wie sie immer wieder selbst betonte – »Zäh, wie ein Lederschuh«.
So auch jetzt: »Ach, Liebes ... Du weißt doch ... Unkraut verjährt nischt. Und isch bin ...«
Da sie mit ihrem Mann viele Jahre zuerst in Südafrika und später in den USA verbracht hatte, war ihr, wie einigen anderen Auswanderern auch, die deutsche Sprache etwas »abhanden gekommen«. Sie neigte dazu, Worte zu verändern, die falschen Artikel zu benutzen und Sprichwörter so zu verdrehen, dass sie überhaupt keinen Sinn mehr ergaben. Außerdem spielte ihr das jahrelange Englischsprechen hin und wieder einen Streich bezüglich der Übersetzung ins Deutsche. Nicht nur diese Tatsache allein sorgte im familiären Umfeld immer wieder für Erheiterung. Auch ihre Kommentare, wenn man sie diesbezüglich korrigierte, beziehungsweise aufzuklären versuchte, waren von einer derart schelmischen Schlitzohrigkeit, dass die alte Dame selbst in

ihrer Abwesenheit oft Gegenstand amüsanter Gespräche war.

Nach der Umarmung richtete sich Sissy auf und folgte ihrer Großmutter durch den langen Flur.

Als sie sich auf der hellbeigen, sehr modernen Couch niedergelassen hatte, lächelte sie.

»Omi, das heißt Unkraut *vergeht* nicht ... und außerdem sagt man *zäh wie Leder*. Nicht zäh wie ein Lederschuh ...«

»Ach? Tatsäschlisch? Ja, aber ist das nischt egal oder sogar dasselbe? Ein Lederschuh ist doch aus Leder ... oder ist es nischt?«

Sissy musste lachen, wurde jedoch schlagartig wieder ernst.

»Oooomiii ... du sollst nicht rauchen!!!«

Franziska van Zanten nahm genüsslich einen Zug aus ihrem just angezündeten Zigarillo.

»Ach Kindschen ... «, sie sprach das »ch« oft wie »sch« aus, so wie es die meisten Menschen taten, die lange in Südafrika gelebt hatten, » ... wer will mir da noch Vorschriften machen? In meine biblische Alter?«

Sissy kapitulierte und zündete sich eine Zigarette an.

»Erzähle, Liebes. Was gibt es für neue, aufregende Geschischten, in dein kriminelles Leben?«

Sissy verschluckte sich und hustete.

Ihre Großmutter erhob sich elfengleich, trat neben sie und legte ihr sanft die Hand auf die Schulter. Ihr Gesicht drückte sowohl Mitgefühl als auch Besorgnis aus.

»Vielleischt sollten wir beide nischt mehr rauchen ... Möschtest du ein Wasser?«

Sissys Husten war rasch abgeklungen. Aus ihren Augen rannen zwei kleine Tränchen und der Ausdruck auf ihrem Gesicht war eine Mischung aus Pein, wegen der kurzzeitigen Luftnot, sowie einer fassungslosen Amüsiertheit, ob des neuerlichen verbalen Ausrutschers ihrer heißgeliebten Großmutter.

Wieder bei Atem, antwortete sie, immer noch lächelnd: »Ja, Omi. Wasser wäre gut … als Ergänzung. Schau mal, was ich uns mitgebracht habe.«

Sie zog eine hohe, elegant-schlanke Flasche aus einer Kartonage, die neben ihr auf dem Sofa gelegen hatte.

Die Augen ihrer Großmutter leuchteten.

»Oh wie nett von dir, Engelschen! Ist der etwa aus good old South Africa?«

»Nein, Omi … der ist aus good old Fellbach.«

Das Leuchten in den Augen verlor nur geringfügig an Intensität. Dennoch nahm Sissy es wahr.

»Omi …«, sie drohte der alten Dame scherzhaft mit dem Zeigefinger, »… die Diskussion hatten wir schon sehr oft. Und du konntest dich außerdem schon mehr als einmal davon überzeugen, dass es auch in Baden-Württemberg ganz hervorragende Weine gibt.«

»Ja, ja … isch weiß. Du hast ja rescht. Aber der Geschmack ist trotzdem irgendwie … anders«, versuchte Franziska van Zanten sich zu rechtfertigen.

»Ja, das stimmt! Besonders beim südafrikanischen Rotwein, der angeblich aus dem Holzfass stammt, wobei allerdings nur Holzspäne in die Metalltanks geworfen werden, merkt man einen deutlichen Unterschied«, entgegnete Sissy listig.

Jetzt war es ihre Großmutter, die mit dem Zeigefinger wedelte.
»Du bist so fresch manschmal gegenüber ein old Lady, die dein Omi sein könnte ...«

Eine halbe Flasche Weißwein später, und nachdem die ein oder andere Friedenspfeife von Großmutter und Enkelin geraucht worden war, schnalzte Franziska van Zanten genüsslich mit der Zunge und stellte sanft ihr Glas auf den Tisch zurück.
»Es stimmt! Er schmeckt wirklich köstlisch!«
»Der ist von dem Weingut, das in meinem aktuellen Fall eine Rolle spielt. Ich musste ja ein paar Recherchen anstellen, über diesen Betrieb. Die Haussmanns produzieren ihren Wein ökologisch. Das ist immer noch einigermaßen ungewöhnlich hier bei uns. Aber jetzt kommt das Beste: Sie haben neben ihrem Hofladen auch noch einen Stand auf dem Cannstatter Wochenmarkt. Und ich kaufe da seit Jahren ein! Na gut, da steht kein Name über dem Stand. Aber da liegen Info-Broschüren und ich habe immer wieder mitbekommen, wie der Chef die Stammkunden auf irgendwelche Veranstaltungen hingewiesen hat. So was wie Spaziergänge durch den Weinberg zum Beispiel. Ich hab da immer nur mit halbem Ohr zugehört, aber schon oft gedacht, dass ich das ganz gerne mal machen würde ... nun ja ... heute war ich dort. Auch wenn es dann kein Spaziergang war, sondern Arbeit.«
»Und jetzt macht er keinen Wein mehr, weil er das Zeitlische begegnet ist?«

Franziska van Zanten sah dermaßen geschockt aus, dass Sissy sich ein Lachen verkniff und stattdessen sofort beruhigend die Hand der alten Dame tätschelte.
»Nein, Omi. Nicht doch! Er ist weder dem Zeitlichen begegnet, noch hat er es gesegnet. Der Tote war jemand anders ... er hat offenbar nichts mit den Haussmanns zu tun. Obwohl wir das noch nicht so ganz genau wissen. Aber dieses leckere Tröpfchen können wir auch in Zukunft noch genießen. Mach dir keine Sorgen!«
Franziska van Zanten sank zufrieden zurück in ihren Sessel. Anschließend begann sie, in ihrer unnachahmlichen Art, ihre Enkelin zu verhören – wie Sissy es nannte.
Neugierig nach vorn gebeugt, bombardierte sie sie mit Fragen aller Art, und kommentierte dann gewohnt gewitzt die Antworten, die sie bekam.
» ... deine Freunde?«
»Hab ich alle viel zu lange nicht gesehen, Omi. Anna fliegt sich die Hacken wund und Ralf ist, rund um die Uhr, sieben Tage die Woche in seiner Werkstatt. Naja, und außerdem hatte ich zuletzt diesen schwierigen Fall ... du weißt doch ... «
»Oh boy ... isch dachte, nur Füße können werden wund ... die Absätze von die Schuhe auch? Wieso ist er nur in der Werkstatt? Hat er keine bedroom?«
Manchmal rutschten ihr auch gleich die kompletten englischen Worte heraus.
» ... ja, Engelschen, isch weiß! Du arbeitest immer zu viel. Da ist es nischt das Wunder, dass das mit dir und die Männer ... «

Oh nein, dachte Sissy. Aber es war schon zu spät. Die Augen ihrer Großmutter signalisierten jetzt maximales Interesse.

»... nischt so rischtisch bumsen kann.«

»Oooomiiii ... das heißt funken!«

Ihre Großmutter ignorierte den gekicherten Einwurf einfach und sprach weiter.

»Obwohl, isch weiß ... das mit das männliche Geschlescht ist nischt immer leicht. Isch hatte sehr viel Glück mit deine Opa ... aber die meiste Männer sind wie Butterfliegen ...«

Sissy sah vor ihrem geistigen Auge eine offene Butterdose, der sich summend eine Stubenfliege näherte. Plötzlich merkte sie, wie erschöpft sie war. Und der Wein hatte sie zusätzlich schläfrig werden lassen. Sie nickte matt und stand langsam auf.

»Du hast wie meistens recht, Omi. Aber ich muss jetzt dringend ins Bett. Es war sehr schön, mit dir zu philosophieren. Schlaf gut!«

Als sie eine halbe Stunde später bereits im Bett lag, klingelte ihr Handy. Sie fischte es vom Nachttisch und blickte auf das Display. Anna. Eigentlich bin ich viel zu müde, dachte sie. Aber da sie ihre Freundin Anna Scheurer, die als Chefstewardess für eine große deutsche Fluggesellschaft arbeitete, eine halbe Ewigkeit weder gesehen noch gesprochen hatte, nahm sie den Anruf entgegen. Sie plauderten eine Weile über das, was sie beide in den letzten Wochen erlebt hatten, als auch Anna auf das »Männer-Thema« zu sprechen kam.

»Und? Was machen deine Jungs so?«, fragte es neugierig aus dem Smartphone.

»Oh nee! Nicht du auch noch! Ich wurde vorhin schon von meiner Oma verhört deswegen.«

»Ah ... wie geht es Franziska? Und konnte sie dir einen schlauen Tipp geben?«

»Omi geht es prächtig. Und sie hat gemeint, sie würde das schon verstehen, dass das alles nicht so leicht wäre, weil die meisten Männer schließlich wie Butterfliegen sind.«

»Hmmja ... wie Butterfliegen ... «, kam es aus dem Gerät in Sissys Hand. Danach herrschte Stille auf beiden Seiten.

Als wenige Sekunden später, zeitgleich, sowohl bei Sissy, als auch bei ihrer Freundin der Groschen so laut fiel, dass man es förmlich klacken hörte, brachen beide in ein Gelächter aus, das apokalyptische Ausmaße annahm. Minutenlang wieherten sie sich gegenseitig ins Ohr. Und immer dann, wenn Eine sich beruhigte, prustete die Andere wieder los.

»Butterfliehihi ...«

»Sie hat Schmetterlihihi ... pfff ... ich krieg keine Luft mehr.«

»Hihihi ... Haaaa ... aua, mein Bauch ...«

Nach zirka zwanzig Minuten, japste Sissy, der die Tränen in Strömen übers Gesicht liefen: »Anna, das hat keinen Sinn mehr. Ich leg jetzt auf, okay? Wir hören uns. Nachti!«

»Du hast recht«, japste es zurück. »Schlahahaf schön!«

Sissy legte auf und schlug die Bettdecke zurück. Durch

den Lachanfall war ihre Müdigkeit wie weggeblasen. Als sie sich aufrichtete, um das Bett zu verlassen, merkte sie wie ihre Bauchmuskeln schmerzten.

Meine Omi, dachte sie grinsend und wischte sich das restliche Salzwasser aus dem Gesicht, während sie über die knarzenden Holzdielen Richtung Küche tapste. Da hat sie doch allen Ernstes butterfly mit Butterfliege übersetzt ... das wird das Highlight auf der nächsten Ulmer-van Zanten-Fete. Aber jetzt ergibt das natürlich auch einen Sinn. Ein Schmetterling, der von Blüte zu Blüte fliegt, als Metapher für einen Mann ... und *Butterfliege* ... das Wort existiert überhaupt nicht. Wieso ist mir das nicht sofort aufgefallen?

Sie schüttelte fassungslos und immer noch lächelnd den Kopf.

Mal schauen, ob ich im Kühlschrank noch ein Betthupferl finde, dachte sie und zog am Griff. Sie bückte sich, um den kargen Inhalt zu inspizieren. Als ihr Blick auf die Butterdose fiel, wurde sie ein weiteres Mal von einem heftigen Lachkrampf heimgesucht. Sie schlug die Tür wieder zu und schlich zurück ins Bett. Wenige Minuten später war sie mit einem Lächeln auf den Lippen eingeschlafen.

SEELENSCHATTEN

Am nächsten Tag, kurz vor Dienstende, saßen sich Sissy und Eric, an den jeweiligen Schreibtischen ihres gemeinsamen Büros, gegenüber und rekapitulierten die letzten Erkenntnisse. Sie waren beide völlig erschöpft. Bereits um sieben Uhr morgens hatten sie begonnen, gemeinsam mit Edeltraut Schwämmle, Erwin Schober und Kai Diesner die Stuttgarter Innenstadt zu durchkämmen. Sie hatten sich aufgeteilt und waren, jeder mit einer Fotografie des toten Jan-Philipp Paul im Gepäck, durch alle Teestuben, Männerwohnheime, die Bahnhofsmission und sämtliche Parks gezogen. Sie hatten sowohl die Königsstraße als auch alle einschlägig bekannten Treffpunkte und Schlafplätze der »Bürger ohne festen Wohnsitz«, wie es im Polizeijargon hieß, abgeklappert – ohne nennenswerte Erfolge. Der ein oder andere der Befragten hatte zwar gemurmelt: »Hm ja, kann schon sein, dass ich den mal gesehen habe … ist lange her …«, aber mehr hatten sie nicht in Erfahrung bringen können. Nachdem sie einigermaßen frustriert und mit schmerzenden Füßen zurückgekehrt waren, hatten sie die Abschlussberichte der Spurensicherung und von Dr. Hämmerle erwartet. In ersterem stand, dass an zwei Stellen oberhalb des Fundortes der Leiche, winzige Stoffreste der Kleidung des Toten ent-

deckt worden waren. Sie hatten sich in Drähten verhakt, mit denen die Zweige der Rebstöcke in Form gehalten wurden. Der Rechtsmediziner hatte minimale Abschürfungen an den Händen und im Gesicht festgestellt.
»Das heißt doch wohl, dass er den steilen Weinberg hinuntergefallen ist, oder wie siehst du das?«, fragte Sissy, immer noch lesend.
»Ja ... oder er ist gestoßen worden«, antwortete Eric.
Ansonsten fanden sich keine bahnbrechenden Neuigkeiten in den beiden Berichten. Es stand nun lediglich fest, welche Mixtur dem Toten gewaltsam eingeflößt worden war. Der Blutalkoholwert war von Dr. Hämmerle mit 3,5 Promille angegeben. Gestorben war Jan-Philipp Paul an einem Atemstillstand, verursacht durch eine Alkoholintoxikation, landläufig als Alkoholvergiftung bekannt. Außer den geringfügigen Hautabschürfungen hatte der Gerichtsmediziner weder eine Einstichstelle noch irgendwelche Hämatome oder anderweitige Abwehrverletzungen gefunden.
»Das bedeutet vermutlich, dass er mit einer Waffe bedroht worden ist. Erst, um ihn zu fesseln und anschließend, um ihn zum Schlucken zu zwingen«, mutmaßte Sissy.
»Das mit dem Atemstillstand ist ein Unterschied zu dem Fall aus Nackenheim. Bei dem Mann, der damals von den Kollegen ausgesetzt worden ist, war die Todesursache Herzversagen, verursacht durch die Kombination stark alkoholisiert und extreme Kälte.«
»Mhm«, brummte Sissy. »Macht's ja nicht besser! Beides gleich schlimm ... und überhaupt ...«

»Ja, ich weiß, was du meinst. Dieses ganze Elend ...«
Sie hingen beide für einen Moment ihren Gedanken nach und ließen den Tag Revue passieren.
Sissy war von Stunde zu Stunde immer wütender geworden. Wütend und traurig. In die Gesichter dieser Menschen zu schauen und darin all dieses Leid zu sehen, hatte ihr zunehmend zugesetzt. Selbst bei denen, die stark alkoholisiert oder anderweitig benebelt waren, und dadurch vordergründig aggressiv, fröhlich oder gleichgültig agierten, konnte man das Unglück und die Verzweiflung deutlich spüren, ja fast mit Händen greifen. Am späten Nachmittag war sie dann auf eine Sechzehnjährige gestoßen, die sich ihr gegenüber, nach anfänglichem Zögern, langsam geöffnet hatte. Die Geschichte, die sie zu hören bekommen hatte, würde sie nie wieder vergessen, das war ihr klar.
Sie lehnte sich nach vorn und legte die Unterarme auf die Tischplatte.
»In diesem unermesslich reichen Land hatten 2014 zirka 335000 Menschen keine Wohnung. Deshalb leben sie in Notunterkünften, anderweitigen Einrichtungen oder auf der Straße. Darunter auch Kinder und Jugendliche. Tendenz: Extrem stark ansteigend ... bis 2018 auf zirka 536000! Die Dunkelziffer ist noch deutlich höher, weil da nur die gezählt wurden, die mit irgendwelchen Einrichtungen oder Behörden in Kontakt waren. Diese Menschen finden das größtenteils weder lustig, noch haben sie ihre Situation selbst verschuldet, wie das einige unserer besonders empathischen Mitbürger gerne postulieren. Mal ganz abgesehen davon, dass in Deutsch-

land 2,7 Millionen Kleinwohnungen fehlen ... und woran das liegt, ist ja allgemein bekannt: Gentrifizierung, die Kommunen verkaufen ihre Immobilien an private Investoren und so weiter. Was mich aber am meisten aufregt, ist, dass ganz viele dieser Menschen fürchterliche Dinge erleben mussten und schlicht und ergreifend krank sind. Entweder sie waren es vorher schon und sind dadurch missverstanden und/oder ausgegrenzt worden und dann auf der Straße gelandet, oder sie wurden es erst, nachdem sie geliebte Menschen, Wohnung oder Job, oder alles zusammen verloren hatten und darüber verzweifelt sind. Das liegt auch daran, dass diese Menschen häufig deutlich sensibler sind, als der Durchschnitt.«

»Woher weißt du das alles?«, fragte Eric dazwischen.

»Was meinst du denn? Woher ich weiß, dass es selten abgebrühte, charakterlose Manager irgendwelcher Großbanken oder Konzerne sind, die auf der Straße landen?«, fragte Sissy angriffslustig.

Eric seufzte.

»Nein, min Deern ... du weißt genau, dass ich das *nicht* meine. Und du weißt, dass du recht hast, und dass ich das auch weiß. Ich meinte die Fakten.«

»Die Zahlen sind aus Studien«, kam es knapp, aber etwas milder, zurück.

Sissy griff nach einem Stift, um sich an etwas festhalten zu können und lehnte sich wieder nach hinten.

»Ich bin heute Früh schon um fünf aufgewacht und dachte, ich bereite mich ein bisschen auf unsere Aktion vor. Nach einer dreiviertel Stunde Surfen im Netz war

mir übel und ich musste kalt duschen gehen.«
Irgendwann erzähle ich ihm von Katja, dachte Sissy, aber das packe ich heute nicht mehr.
Und einmal mehr an diesem Tag hatte sie das Gefühl, als würde ein mächtiger, dunkler Schatten über ihre Seele wandern. Wie ein großes, schwarzes Ungeheuer auf Nahrungssuche.

ER SCHON WIEDER

Sissys Erschöpfung, die für kurze Zeit durch ihren wutbedingten Adrenalinschub vertrieben worden war, war überfallartig zurückgekehrt. Eigentlich hätten sie und Eric sich längst in den Feierabend verabschieden können. Aber im Moment war sie sogar zu müde, aufzustehen. Ihrem Kollegen schien es ähnlich zu gehen. Sie saßen sich erneut einige Minuten schweigend gegenüber. Eric Jahn blickte grübelnd aus dem Fenster, sodass Sissy Gelegenheit hatte, sein scharf-geschnittenes, attraktives Profil zu bewundern. Sein dichtes, braunes Haar hing ihm wie meistens ein wenig in die Stirn, auf der im Moment eine kleine Denkerfalte zu sehen war, was dem ansprechenden Äußeren jedoch nicht im Geringsten irgendeinen Abbruch tat.
Plötzlich dachte Sissy an den Kuss. Den überraschendsten, leidenschaftlichsten und schönsten Kuss, ihres ganzen bisherigen Lebens.

In einem der letzten Fälle war Eric schwer verletzt worden. Als er danach seinen Dienst wieder angetreten hatte, war es passiert. Sissy und er waren sich im Büro gegenübergestanden und nach einer spontanen Umarmung hatten sie sich ihre Lippen, wie ferngesteuert, ihren Weg gesucht. Sissy war sofort danach völlig irritiert

und überhastet aus dem Raum geflohen. Als sie das Präsidium verlassen hatte, war sie ihrer Kollegin Sabrina Schönleber begegnet, der sie von dem Vorfall erzählte. Die hatte zwar versucht, sie aufzumuntern, Sissy aber dennoch ziemlich unverblümt mitgeteilt, dass die übergroße Sympathie zwischen Eric und ihr niemand in der Abteilung entgangen wäre.
Danach war die Stimmung zwischen den Kommissaren Ulmer und Jahn einige Zeit ein wenig sonderbar gewesen. Allerdings, zum Glück, nicht für sehr lange. Und weder sie noch Eric hatten dieses Ereignis je wieder zur Sprache gebracht.

Das Klingeln des Telefons auf Sissys Schreibtisch riss beide aus ihren Gedanken.
»Ulmer, Mordkommission.«
Eric warf einen aufmerksamen Blick über den Schreibtisch.
Als er sah, wie Sissys Mimik sich veränderte, schnellte sein langer, muskulöser Arm nach vorne und geschickt fand sein flinker Zeigefinger die Lautsprechertaste an ihrem Telefon.
»... bezauberndste, aller Kriminalhauptkommissarinnen ...«
Nun waren es Erics Gesichtsausdruck, der ebenfalls schlagartig entgleiste.
Sissy versuchte hastig, das Telefon wieder auf »nicht mithören« zu schalten, war allerdings nicht schnell genug. » ... erstens wollte ich mal wieder deine wunderschöne Stimme hören, zweitens hoffe ich, dass

wir bald mal wieder …«
Patsch!
Sissy hatte es endlich geschafft, unter Zuhilfenahme der kompletten Handfläche, die Freisprech-Funktion wieder zu deaktivieren.
Sie konnte deutlich erkennen, wie der Blutdruck bei ihrem sonst meist ziemlich ruhigen und besonnenen Gegenüber zu steigen begann. Eric Jahn stammte ursprünglich aus Ostfriesland, wo die stoische Gelassenheit mit der Muttermilch eingesogen wurde. So sagte man jedenfalls. Und von einzelnen Ausnahmen einmal abgesehen – Sissy musste diesbezüglich immer an den bekannten, hyperaktiven Komiker mit den vier Buchstaben denken – war dem wohl auch so.
Aber es gab eine Sache, beziehungsweise einen Menschen, dem es mit zuverlässiger Regelmäßigkeit und ausgesprochenem Vergnügen gelang, Eric auf die allerhöchste Palme zu befördern.
Heiko Eitler.

Der private Ermittler, dessen Büroräume sich in der Tübinger Straße befanden, hatte im Kollegenkreis den Spitznamen »Eiter« erhalten. Er tauchte häufig im Zuge von Ermittlungen auf und war allseits herzlich unbeliebt.
Sissys Probleme mit dem Detektiv waren jedoch in erster Linie sehr persönlicher Natur. Sie hatte für den Sohn schwerreicher Eltern, der im Grunde genommen überhaupt keiner finanziell gewinnbringenden Tätigkeit hätte nachgehen müssen, bereits von der ersten Begeg-

nung an keine besondere Sympathie empfunden. Dennoch war es Heiko Eitler mehrfach gelungen, Sissy »ins Bettchen zu zaubern«, wie es ihre Freundin Anna einmal wenig charmant, aber durchaus zutreffend, auf den Punkt gebracht hatte.

Sissys »Heiko, hör bitte auf!« wurde begleitet von einem genervten Seufzer, den man allerdings auch als lustvoll-amüsiert hätte interpretieren können. Und der ihr gegenüber sitzende Eric empfand das wohl genau so. Mit einem lauten Krachen flog sein Bürostuhl gegen den dahinterstehenden Aktenschrank aus Metall und er verließ den Raum.
»Sind wir jetzt *entre nous*?«, kam es frech aus dem Hörer.
Sissy schüttelte den Kopf und fragte sich gleichzeitig, ob Heiko Eitler ihr Büro mit Kameras verwanzt hatte.
»Was zum Teufel willst du?«
»Ooch ... so spröde heute?«, schnurrte der Detektiv ins Telefon.
Sissy hielt für einen Moment angewidert den Hörer von sich weg und steckte sich pantomimisch einen Finger in den geöffneten Mund.
»Zum letzten Mal, Heiko! Ich hab echt keine Zeit für deine Spielchen. Wir haben hier einen aktuellen Fall, der ziemlich verzwickt ist. Also ... spuck es endlich aus! Was gibt's?«
»Huiuiui ... was sind wir bissig heute. Lange keinen Sex mehr ...«
Sissy legte auf.

Fünf Sekunden später klingelte das Telefon erneut.
Sissy hob ab, sagte jedoch nichts.
Nach einigen stillen Sekunden fing Heiko Eitler an, zu sprechen.
»Ich ergebe mich. Ich rufe genau aus diesem Grund an …«
»Aus welchem? Um mir auf die Nerven zu gehen?«, fragte Sissy, immer noch genervt.
»Nein. Wegen dieses aktuellen Falles …«
»Wieso hast *du* denn da schon wieder deine Pfoten im Spiel?«, entfuhr es Sissy.
»Hey, Süße! Jetzt reiß dich doch mal zusammen. War doch immer ganz schön mit …«
»Heiko … zum allerletzten Mal! Nenn mich nicht Süße und sag *endlich*, was du willst.«
»Ich habe in den Online-Nachrichten von diesem Toten im Weinberg erfahren …«
Wer, zum Kuckuck, hat denn da sofort die Posaune ausgepackt?, ging es Sissy durch den Kopf, doch der Detektiv sprach schon weiter.
»Ich hatte den Auftrag, ihn zu suchen …«
»Wie bitte?«
»Ja. Ich hatte den Auftrag, nach Jan-Philipp Paulsen zu suchen.«
»Aber unsere Leiche heißt nicht …«
Sissy brach mitten im Satz ab. Das sonderbare Gefühl, das sie während der ersten Besprechung gehabt hatte, war schlagartig zurückgekehrt.
»Ich bin mir sicher, dass er es ist!«, fuhr der Detektiv fort. »Er ist der verschollene Sohn einer sehr wohl-

habenden und hochangesehenen Hamburger Reeder-Dynastie. Er ist vor einigen Jahren, von heute auf morgen verschwunden. Er hat wohl irgendwann seinen Nachnamen geändert, um seine Spuren zu verwischen – was ihm ja auch ziemlich gut gelungen ist. Ich suche schon seit über acht Monaten nach ihm. Nun ja ... jetzt habe ich ihn gefunden.«
Sissy schwieg eine Weile. Erstens, weil sie das Gehörte sacken lassen musste und zweitens, weil ihr das, was nun zu tun war, innerlich zutiefst widerstrebte. Sie holte unhörbar tief Luft.
»Du musst vorbeikommen. Wir brauchen deine Aussage und wir müssen ein Protokoll ...«
»Ihr Wunsch ist mir Befehl, gnädige Frau. Ich stehe schon unten in der Eingangshalle. Ich reiche dich mal eben an euren besonders peniblen *Empfangschef* weiter. Er wollte mich nicht durchlassen ...«
»Sailer hier«, dröhnte es Sissy aus dem Hörer entgegen. »Soll ich diesen ...«
Sissy unterbrach den altgedienten, gewissenhaften Pförtner sofort. Obwohl sie eigentlich gerne gehört hätte, ob just eventuell ein neues Schimpfwort für Heiko Eitler erfunden worden wäre.
»Ja, Herr Sailer. Das geht schon in Ordnung. Herr Eitler ist ein wichtiger Zeuge. Schicken Sie ihn bitte rauf.«
»Wenn Sie des saget, Frau Hauptkommissarin«, brummte es noch, da war die Verbindung auch schon unterbrochen.
Ich muss Eric Bescheid sagen, dachte Sissy und erwischte sich gleichzeitig dabei, dass sie an ihren Haaren

herum zupfte.

Dass ich mir nicht noch panisch die Lippen nachziehe ist alles, schimpfte sie mit sich selbst, da öffnete sich die Bürotür und Eric Jahn schlenderte lässig zu seinem Schreibtisch.

Sissy, die sich vor einer Konfrontation der beiden Streithähne fast mehr fürchtete, als vor einem Zahnarztbesuch, überlegte, wie sie die Situation entschärfen konnte, bevor sie auch nur zustande kam.

Eric und der Detektiv waren in der Vergangenheit mehrfach verbal aufeinander losgegangen und hegten eine außergewöhnlich hohe Abneigung füreinander. Das ein oder andere Mal war Sissy der Gedanke gekommen, dass da vielleicht sogar eine gewisse Eifersucht im Spiel sein könnte. Aber egal, was, wie und warum. Sie verspürte nicht die geringste Lust, den Ringrichter zu spielen.

»Eric … Duhu …«, begann sie vorsichtig.

»Ja ja, ich weiß schon. Der Eiter ist hier. Hab ihn unten in der Halle stehen sehen. Der Sailer macht da echt einen prima Job!«, gab er grinsend von sich.

»Eric … er hat echt wichtige Infos für uns. Tu mir bitte den Gefallen und raste nicht wieder aus, okay?«

»Geht klar, bezauberndste aller Kriminalhauptkommissarinnen!«, feixte er in Sissys Richtung.

»Du! Ich warne dich! Ich mein' s wirklich …«

Es klopfte.

Als Eric ein überlautes »Herein« Richtung Tür blökte, dachte Sissy: Jetzt hilft nur noch beten.

BLACKOUT

Die Befragung von Heiko Eitler war, zu Sissys Überraschung, ohne Zwischenfälle verlaufen. Der Detektiv hatte auf die Wiederholung einer seiner legendären Charme-Offensiven in ihre Richtung verzichtet und Eric war, fast die ganze Zeit über, betont höflich und sachlich geblieben.
Nachdem sie Heiko Eitler entlassen hatten, diktierte Sissy noch ein Protokoll ins entsprechende Gerät. Es war schon fast zwanzig Uhr und somit ausreichend, wenn die Dezernatssekretärin und gute Seele des Präsidiums, Elli Kächele, am nächsten Morgen, das Ganze in Schriftform brachte und als Memo an die Kollegen sowie Dr. Staudt verschickte.
Als die beiden Kommissare ihr Büro verließen, streckte Eric seinen langen, muskulösen Körper und fuhr sich mit einer Hand über den Nacken.
»Mann, bin ich platt! Aber das bringt uns, denke ich, tatsächlich ein ganzes Stück weiter. Das Programm für Morgen steht also schon fest. Kontakt mit Hamburg aufnehmen und dieser Obdachlosenzeitung einen Besuch abstatten.«
»Stimmt genau!«, seufzte Sissy, die ebenfalls völlig gerädert war. Immerhin hatten sie nun schon dreizehn Stunden Dienst in den Knochen und waren fast den

ganzen Tag kreuz und quer durch Stuttgart gelaufen. Und dass es jetzt um diese Jahreszeit stetig früher dunkel wurde, trug auch nicht gerade dazu bei, dass man sich munterer fühlte.

»Okay, lass uns das Band noch schnell in Ellis Postfach schmeißen und dann abhauen«, sagte Eric matt.

»Ach nein ... lass mal stecken. Ich erledige das kurz.«

»Ehrlich? Aber ich lass dich hier nur ungern allein.«

Seine Mimik war, abgesehen von der deutlich sichtbaren Erschöpfung einigermaßen neutral, aber Sissy schwante bereits etwas.

»Weißt du ...«, fuhr er fort, »... das ist ein gefährlicher Ort. Hier treiben sich manchmal Gestalten rum ... ich kann dir sagen ...«

War ja klar, dass da noch was kommen musste. Es hat mich eh schon ziemlich gewundert, dass das heute zur Abwechslung mal halbwegs friedlich gelaufen ist, mit den beiden Herren, dachte Sissy.

Ein Schmunzeln konnte sie sich dennoch nicht verkneifen.

»Nun hau schon ab! Und keine Sorge ... die Gestalt, auf die du anspielst, ist längst weg, dafür hat unser Herr Sailer tausend Pro gesorgt.«

Sie hatte nicht die geringste Ahnung, wie sehr sie sich täuschte.

Die Büros im Präsidium waren, trotz durchgehend besetzter Pforte und diverser anderer Sicherheitsvorkehrungen, nachts verschlossen. Die einzigen Räume, die zugänglich waren, waren die Teeküche und das winzige

Kämmerchen, in dem zwei Metallschränke standen, die die sogenannten Postfächer enthielten. Hier konnten jederzeit Schriftstücke und kleinere Gegenstände für das aktuell nicht anwesende Personal deponiert werden.
Auf dem Weg zum Postfachschrank ließ sie das Gespräch mit Heiko Eitler Revue passieren.

Kaum hatte der Detektiv sich gesetzt, hatte er eine Fotografie auf Sissys Schreibtisch gelegt.
»Ja, das ist er«, hatte sie gesagt, um dann das Bild an Eric weiterzureichen, der nur zustimmend nickte.
»Es war, wie bereits erwähnt, vor zirka acht Monaten, als mich ein Hamburger Kollege anrief, und um meine Mitarbeit bat ...«
Sowohl Sissy, als auch Eric waren überrascht.
»Wie darf ich das verstehen? Um Mitarbeit bat? Seid ihr nicht alle eigenständig und jeder recherchiert für sich allein?«, fragte Eric.
»Im Prinzip, also meistens, schon ... ja«, antwortete der Detektiv etwas umständlich. »Aber manchmal, gerade wenn, wie in diesem Fall, die räumliche Distanz so groß und das jeweilige, momentane Arbeitspensum überdurchschnittlich hoch ist, greifen wir uns auch schon mal gegenseitig unter die Arme. Das spart Zeit und Reisekosten. Außerdem hat es noch den Vorteil, dass der Ermittler vor Ort natürlich besser vertraut ist mit der Umgebung und so weiter. Ich hatte allerdings wie immer jede Menge zu tun, deshalb konnte ich mich nur hin und wieder kurz zwischendurch mit dem Fall beschäftigen.«

»Verstehe«, sagte Eric nur knapp, und forderte Heiko Eitler mittels Kopfnicken zum Weitersprechen auf.
»Die Auftraggeberin des Hamburger Kollegen ist eine gewisse Jara Mason.
Sie ist die Schwester von Jan-Philipp Paulsen. Eigentlich lebt sie in Australien. Vor etwa einem Jahr ist sie nach Hamburg zurück gekommen, weil ihre Mutter schwer erkrankt war. Der Vater, Jörn-Peter Paulsen, ist bereits 1998 verstorben. Er war der Eigner der besagten Reederei, die nach seinem Tod von seiner Ehefrau Marie geleitet wurde.«
»Es ging also vermutlich um die zu erwartende Regelung des Nachlasses?«, fragte jetzt Sissy dazwischen.
»Ja und Nein«, war die kryptische Antwort.
Sissy und Eric zogen synchron je eine Augenbraue nach oben.
»Darum ging es auch. Aber in erster Linie wollte Jara Mason ihren Bruder einfach finden.«
»Aber du hast doch vorhin am Telefon gesagt, dass er schon vor Jahren verschwunden ist ...«, sagte Sissy.
»Vor drei, um genau zu sein«, warf Heiko Eitler dazwischen.
»Aha. Und solange war dein Kollege schon auf der Suche nach ihm? Ist das nicht ungewöhnlich? Wird das Ganze dann nicht irgendwann abgehakt? Kostet vermutlich ja auch eine Kleinigkeit, so eine Aktion, oder?«, wollte Eric wissen.
Sissy konnte an seinem Tonfall erkennen, was er von den Tagessätzen privater Ermittlungsbüros hielt. Der Detektiv schien allerdings nichts bemerkt zu haben.

»Nein. Er hat den Auftrag von Frau Mason erst vor gut einem Jahr erhalten. Sie hatte nämlich anfänglich noch Kontakt zu ihrem Bruder. Er hat sie, nach seinem Verschwinden, alle paar Wochen in Australien angerufen. Aber er hat ihr nie gesagt, wo er sich aufhält. Und seit ungefähr fünfzehn Monaten hat er überhaupt nichts mehr von sich hören lassen. Die Kombination Kontaktabbruch und schwere Erkrankung der Mutter hat sie dann wohl dazu bewogen, diesen Weg zu gehen ...« Nach einer kurzen Pause fügte er hinzu: »Marie Paulsen ist übrigens vor zwei Wochen ebenfalls verstorben.«

Für einen Moment herrschte absolute Ruhe im Raum, was in dieser Personen-Konstellation äußerst selten vorkam.

Als die unverabredete Schweigeminute vorbei war, sagte Eric: »Soweit für jetzt. Wir brauchen den Namen deines Kollegen in Hamburg und seine Adresse ... und die von Jara Mason natürlich auch.«

Heiko Eitler griff in die Innenseite seines Jacketts und zog ein zusammengefaltetes Blatt heraus.

»Alles schon vorbereitet. Voilà!«

Sissy nahm das Papier entgegen, als er einen weiteren Zettel aus der rechten Seitentasche zog.

»Da ist noch etwas anderes ...«

Er schaute Sissy dabei für einen kurzen Moment tief in die Augen. Sissy erwiderte den Blick, indem sie ihre Lider bedrohlich zusammenkniff.

Eric, der in diesem Moment das von Sissy an ihn weitergereichte Schriftstück überflog, bekam zum Glück

nichts mit, von dieser kurzen nonverbalen Kommunikation. »Was denn?«, fragte er abwesend, während er noch die letzten Zeilen überflog.
Der Detektiv gab Sissy das zweite Blatt Papier, während er antwortete.
»Ich habe vor zwei, drei Wochen mal wieder im Internet recherchiert. Da bin ich auf etwas gestoßen. Ich hatte das natürlich in den Monaten zuvor immer mal wieder gemacht, aber nichts finden können. Und dann tauchte da plötzlich dieser Name auf. Klar, nicht exakt … Jan-Philipp Paul … aber die Ähnlichkeit kam mir an der Stelle merkwürdig vor. Es war ein winziger Artikel in der Obdachlosenzeitung *Rand-Schicht*. Ich habe dort angerufen. Der Herausgeber, ein gewisser Jürgen Mack, behauptete, dass es sich um eine Verwechslung handeln müsse und er noch nie von einem Mann mit diesem Namen gehört hätte …«
»Aber du hast ihm das nicht abgenommen?«, fragte jetzt Sissy dazwischen.
»Nein. Ich war mir sicher, dass er lügt. Ich habe daraufhin beschlossen, das Gebäude, in dem die Redaktion untergebracht ist, zu observieren. Leider kam mir einer meiner eigenen Aufträge dazwischen. Und dann stoße ich heute im Netz auf diese Meldung. Keine fünf Minuten später hat mein Telefon geklingelt. Es war dieser Jürgen Mack. Er war völlig aufgelöst und hat dann auch zugegeben, den Toten gekannt zu haben. Er wollte mit mir darüber sprechen, aber ich habe ihm gleich gesagt, dass das jetzt in eure Zuständigkeit fällt. Er weiß also Bescheid, dass er von euch hören wird. Dasselbe gilt für

Jara Mason und meinen Hamburger Kollegen Jens Winterbach.«
Er stand auf, knöpfte sein elegantes Sakko zu und verbeugte sich leicht.
»Das war bis dahin alles. Falls noch Fragen sind, ihr wisst ja, wo ihr mich findet.«
Als er die Klinke schon in der Hand hatte, drehte er sich noch einmal um, zwinkerte, und schenkte Sissy sein strahlendstes Lächeln.
Der wütende Blick von Eric Jahn traf nur noch die geschlossene Bürotür.

Sissy erwischte sich dabei, dass sie vor sich hin lächelte. Schlagartig wurde sie wieder ernst. Ich werde jetzt nicht auch noch anfangen, mich darüber zu freuen, dass die zwei sich um mich balgen, wie Hunde ... ich bin doch kein Knochen, dachte sie, als sie den Postfachraum betrat.
Sie steckte die Kassette aus dem Diktiergerät zusammen mit einer kurzen Nachricht in einen Umschlag. Dann zog sie die große obere Metallschublade heraus und deponierte ihn in Elli Kächeles Hänge-Ablage. Anschließend schob sie mit beiden Händen die schwere Schublade wieder zurück, löschte das Licht und verließ den Raum.
»Ade, Herr Sailer. Eine ruhige Schicht wünsche ich«, rief Sissy dem Pförtner im Vorbeigehen zu, als sie auf dem Weg war, das Präsidium zu verlassen.
Er hob nur kurz die Hand zum Abschied und widmete sich dann wieder seiner Lektüre, in Form der Fußball-

zeitschrift »Kicker«.

Als Sissy vor dem Präsidium unter der Überdachung im Freien stand, hatte sie den Eindruck, der Himmel hätte alle seine Schleusen geöffnet. Es goss wie aus Kübeln und Fässern. Der von Marla Haussmann am Tag des Leichenfundes befürchtete Starkregen hatte zwar deutlich später eingesetzt als erwartet, aber dafür erschien er jetzt umso heftiger. Sissy war am Morgen mittels öffentlicher Verkehrsmittel zum Präsidium gelangt und dachte nun: Oh no! Das tu ich mir heute nicht mehr an.

Sie griff in ihre linke Jackentasche und suchte ihr Smartphone. Als sie es in der Hand hielt und im Verzeichnis die Telefonnummer der Taxizentrale suchte, flüsterte ihr plötzlich von rechts hinten eine sanfte Stimme ins Ohr: »Taxi gefällig, gnädige Frau?«

Jeder normale Mensch, der körperlich halbwegs auf der Höhe gewesen wäre, hätte sich zu Tode erschreckt. Aber Sissy war zu müde und zu erschöpft. Sie murmelte nur matt: »Herrjeh ... Heiko. Was machst du denn noch hier?«

»Mich um dein Wohlergehen kümmern. Mir scheint, das macht sonst niemand!«

»Ich bin schon groß«, erwiderte Sissy schläfrig.

»Ja ja, ich weiß. Aber selbst die allergrößte Kriminalhauptkommissarin ist mal müde. Und ab und zu essen und trinken muss sie auch. Außerdem hat Dr. Watson Sehnsucht nach dir. Ich nehme dich jetzt mit zu mir in die Liststraße, füttere euch beide und bring dich dann nach Hause. Einverstanden?«

Sissy wollte protestieren. Sie wollte Heiko Eitler in die Schranken weisen. Ihm sagen, was er für ein selbstherrlicher, von sich überzeugter, arroganter Typ er doch war. Dass er sie endlich in Ruhe lassen sollte und so weiter.
Sie tat nichts von alldem. Sie ließ sich von ihm zu seinem Wagen führen, wie ein zutrauliches, willenloses Kälbchen zur Schlachtbank.

»Na siehst du? Hab ich es dir nicht gesagt? Er hat dich vermisst!«
Nachdem der Detektiv Sissy mehr auf sein ausladendes Designer-Sofa gesetzt hatte, als dass sie dies selbst getan hätte, war sein rot-weiß-getigerter Kater auf ihren Schoß gesprungen und hatte sie unter Zuhilfenahme seiner großen bernsteinfarbenen Augen um Streicheleinheiten angebettelt. Sissy war diesem unausgesprochenen Wunsch automatisch nachgekommen. Plötzlich schwebte ein kleiner viereckiger Teller vor ihrer Nase und eine Hand schob ihr irgendeine Leckerei in den Mund. Sie kaute, bemerkte den vorzüglichen Geschmack, um kurz darauf einen Schluck aus einem Glas zu trinken, das ihr an die Lippen gehalten wurde. Dann verlor sie langsam das Bewusstsein.

Sissy träumte, sie würde sanft auf der ruhigen Wasseroberfläche eines türkisfarbenen Meeres treiben. Aus weiter Ferne war das leise, etwas unregelmäßige Tuckern eines kleinen Fischerbootes zu hören. Das Geräusch kam allmählich näher und sie spürte einen zar-

ten, warmen Windhauch an ihrem linken Ohr.
Mit einem Schlag war sie wach. Aber sie traute sich nicht, sich zu bewegen. Sie hatte nicht die geringste Ahnung wo sie war, aber das massive Gefühl, dass jemand sie beobachtete.
Regungslos versuchte sie sich zu orientieren.
Sie spürte plötzlich weiches, warmes Fell an ihrer Schulter. Und das Tuckern verwandelte sich in ein Schnurren, das ihr bekannt vorkam.
In ihrem Inneren brüllte eine Stimme lauthals: Neeeeeiiiiiin! Nicht schon wieder!
Am liebsten wäre sie mit einem fulminanten Satz aus Heiko Eitlers Wasserbett gesprungen. Aber sie blieb ruhig liegen. Sie wollte den Kater nicht erschrecken. Er lag in ihrer linken Armbeuge und gurrte ihr ins Ohr, wie eine verliebte Taube.
Als sie langsam die Augen öffnete, spürte sie, wie der Untergrund anfing zu schwanken. Heiko Eitler, der rechts neben ihr lag und sie, gestützt auf einen angewinkelten Arm, betrachtete, war noch ein Stück näher gerutscht.
»Guten Morgen, Sü …«
»Heiko!«, fiel Sissy ihm fauchend ins Wort, »Halt *sofort* den Mund!«
Sie hatte nur ein kleines Stück den Kopf bewegt, aber der Kater spürte scheinbar die Anspannung seines Kuschelobjektes. Widerwillig verließ er seinen Platz, streckte sich kurz und sprang lautlos auf den dunklen Holzboden. Hocherhobenen Schwanzes verzog er sich aus dem Schlafzimmer.

»Was zum Henker, hast du mir in den Wein gemischt? Ich werde dich anzeigen! Das ist …«
Sissy hatte sich ruckartig aufgesetzt, war allerdings durch die Bewegung der mit Wasser gefüllten Matratze sofort wieder auf die Seite gefallen.
Der Detektiv lachte leise und strich ihr eine Haarsträhne aus dem Gesicht.
»Nichts natürlich. Sehe ich so aus, als ob ich mich solcher Methoden bedienen müsste?«
Sissy rollte sich wütend aus dem Bett. Als sie auf den Beinen war, bemerkte sie, dass sie alles andere als nackt war. Slip, BH und Bluse waren noch an ihrem Platz. Es fehlten lediglich Hose, Schuhe und Strümpfe.
»Was ist passiert?«, fragte sie, immer noch wütend, obwohl sie die Antwort eigentlich gar nicht hören wollte.
»Jetzt beruhige dich doch mal. Gar nichts ist passiert. Du bist nach dem ersten Schluck Wein sofort eingeschlafen. Ich hab dir nur das Nötigste ausgezogen und dich dann ins Bett gelegt. Wir haben beide friedlich nebeneinanderliegend geschlummert … jeder für sich. Du schnarchst übrigens. Und – du redest im Schlaf.«
»Aha … danke für die Info. Wo sind meine anderen Klamotten?«

ÜBERRASCHUNG

Sissy hatte sich die restliche Kleidung und ihre Handtasche geschnappt und war barfuß ins Treppenhaus gestolpert.
Heiko Eitlers luxuriöses Appartement befand sich in einem opulenten Stuttgarter Altbau und verfügte über einen Privataufzug, mit dem man direkt von der Tiefgarage in die jeweiligen Wohnungen gelangen konnte. Allerdings brauchte man für diesen natürlich einen Schlüssel und den hatte Sissy nicht. Glücklicherweise hatte sie bei ihrem letzten Aufenthalt das Treppenhaus entdeckt, das aus Brandschutzgründen ebenfalls vorhanden sein musste. Sie rannte zwei Etagen nach unten, warf ihre Tasche auf den Boden und fing an, sich anzuziehen. Dann fummelte sie ihr Telefon aus der Jacke. Als sie auf das Display schaute, wurde ihr erst heiß, dann kalt. Acht Uhr sechsundfünfzig. In wenigen Minuten begann die erste Besprechung des Tages und sie hätte bereits seit einer halben Stunde im Präsidium sein müssen. Sechs Anrufe in Abwesenheit, vier neue Nachrichten auf der Mailbox, drei SMS.
»Scheiße, Scheiße, Scheiße!«, fluchte sie, und hastete weiter nach unten Richtung Ausgang.
Die Stimme, die aus Sissys Telefon ertönte, kam vom Band.

»Willkommen bei Ihrer Taxizentrale. Wir sind gleich für Sie da.«
Warteschleife ... das kann doch alles überhaupt gar nicht wahr sein, dachte sie verzweifelt, da hielt vor dem Nachbarhaus ein elfenbeinfarbenes Auto mit dem entsprechenden schwarz-gelben Schild auf dem Dach. Der Fahrgast, der ausgestiegen war, wollte gerade die Tür schließen, als er durch Sissys lautstark gebrülltes: »Halt! Stopp!« mitten in der Bewegung zur Salzsäule erstarrte.
Sie hechtete über den Gehweg und beugte sich ins Wageninnere.
»Sind Sie frei?«, keuchte sie.
Der Taxifahrer nickte nur knapp.
Sissy warf ihre Tasche auf die Rückbank und dann sich selbst hinterher.
»Ins Polizeipräsidium. Schnell!«
Der Fahrer gab Gas, dass die Reifen quietschten.
Sein ehemaliger Passagier stand immer noch am Straßenrand und blickte ihnen verdutzt hinterher.

»Wo um alles in der Welt steckst du?«, kam es aus Sissys Handy, das sie in der rechten Hand hielt, während sie mit der linken in ihrer Tasche wühlte. Sie suchte nach Bürste und Kaugummi.
Wie gern würde ich jetzt heimfahren, duschen und Zähne putzen, dachte sie.
»Sorry, Eric. Ich hab verschlafen. Aber ich bin gleich da«, log sie nonchalant ins Telefon. Sie war erst seit einer Minute im Taxi aber trotzdem bereits gefangen im üblichen Stop and Go des morgendlichen Stuttgarter

Berufsverkehr-Wahnsinns.

Der Taxifahrer warf einen, von Stirnrunzeln begleiteten, verwunderten Blick in den Rückspiegel, sagte aber zum Glück nichts.

»Vergiss es! Dreh um und fahr zurück nach Hause«, kam es jetzt aus dem Smartphone, das Sissy mittlerweile zwischen Kinn und Schulter eingeklemmt hatte, weil sie beide Hände für Taschenspiegel und Wimperntusche brauchte. Sie hielt mitten in der Bewegung inne.

Was meint der denn?, ging es ihr durch den Kopf. Bin ich gefeuert? So oft komm ich jetzt auch wieder nicht zu spät ... und außerdem bin ich Beamtin, da geht das nicht so einfach!

»Wir müssen nach Hamburg. Anordnung vom Chef. Er hat übrigens nicht mitbekommen, dass du fehlst ... Pack eine kleine Tasche. Wir müssen über Nacht bleiben. Hotel ist gebucht. Flieger auch. Er geht um zwanzig vor eins. Ich hol dich um halb zwölf Zuhause ab, okay?«

»Äh, hmh, ja. Okay ... bis später.«

Sie hörte noch ein knappes »Ciao!«, dann hatte Eric das Gespräch beendet.

Als der Taxifahrer nun erneut in den Rückspiegel blickte, sah er ein breit grinsendes, zufriedenes Gesicht, das allerdings etwas sonderbar wirkte, weil das eine Auge dunkel umrandet war und das andere nicht.

GLÜCKSKEKS

Sissy beugte sich, immer noch lächelnd, nach vorne und sagte fröhlich: »Das Reiseziel hat sich geändert. Nach Bad Cannstatt, bitte.«
Seit zehn Minuten befand sich das Taxi nun auf der Paulinenbrücke. Es ging nur zentimeterweise vorwärts.
Der Fahrer brummte etwas Unverständliches vor sich hin und versuchte dann sofort die Spur zu wechseln, womit er ein wütendes Hupkonzert auslöste.
Sissy lehnte sich zufrieden zurück in die Polster des Fonds.
Was bin ich doch für ein kleiner Glückskeks! Mit Heiko ist nichts gelaufen, dann erwische ich direkt das Taxi. Der Chef weiß nicht, dass ich verschlafen habe und – ich darf tatsächlich duschen, wie gewünscht. Und außerdem werde ich gleich ein kleines Köfferchen packen, um dann mit dem sexiest police-officer alive ins wunderschöne Hamburg zu fliegen. Ich glaube, ich träume.
Sie schloss die Augen, holte Luft und spitzte die Lippen.
»Vögel, die morgens pfeifet, holt obends d' Katz!«
Sissy unterbrach überrascht ihr Konzert und öffnete die Augen. Es waren die ersten Worte des Taxifahrers, seit sie den Wagen geentert hatte.

Sieh an ... es kann sprechen, dachte sie. Aber von deinem Geunke lass ich mir jetzt nicht die gute Laune verderben. Das wird ein fantastischer Tag. Punkt, Ausrufezeichen.
»Ja, ja«, erwiderte sie nur fröhlich. Dann schloss sie wieder die Augen und trällerte weiter »Oh happy day!«

WENN EINER EINE REISE TUT ...

Eric nahm Sissy ihren Koffer ab und hievte ihn in den Dienstwagen.
»Ouha! Was hast du denn da drin? Backsteine? Goldbarren? Du weißt schon, dass wir jeder nur zwanzig Kilo Freigepäck haben?«
Als sie nebeneinander im Auto saßen, fügte er hinzu: »Und dass wir nur eine Nacht bleiben und keine ganze Woche, hatte ich dir auch gesagt?«
Sissy, die auf dem Beifahrersitz saß, schaute nach links. Der freut sich ja fast noch mehr als ich, dachte sie, als sie das amüsierte Blitzen in Erics Augen bemerkte, das von winzigen Schmunzelfältchen begleitet wurde.
»Na da hat aber jemand gute Laune, weil er einen kleinen Ausflug zu seiner Heimat-Sippe machen darf«, neckte Sissy ihn.
»Na ja. Nich ganz. Ich komm ja schon von ein bisschen woanders wech, min Deern. Aber wie du weißt, hab ich ein paar Jährchen in Hambuach gewohnt und Dienst geschoben. Deshalb stimmt das schon ein büschen.«
»Und sofort sprichst du wieder Muschel-Schubser-Deutsch«, foppte Sissy ihn weiter.
»Hm, warte mal ... da gibt es doch diese Liste der beliebtesten, deutschen Dialekte. Welchen Platz belegt da nochmal das Schwäbische?«, fragte er unschuldig.

»Den Vorletzten. Und das weißt du auch ganz genau!«
»Eeecht? Versteh ich gar nicht!«, sagte er mit gespielt-verblüfftem Unterton.
Eine Sekunde später rief er: »He! Das Thema hatten wir schon hundert Mal ... den Fahrer hauen während der Fahrt ist verboten!«

»19,9 Kilo. Respekt, die Dame.«
Der Check-in Mitarbeiter zwinkerte ihr zu und Sissy lächelte huldvoll zurück.
Eric beugte sich über den Schalter und machte ein verschwörerisches Gesicht. Bemüht unauffällig zeigte er auf Sissys Gepäck, das rechts auf dem Förderband lag. Die Hand halb vor den Mund gehalten flüsterte er laut: »Das Teil ist voller Maultaschen und Käsespätzle! Sie ...«, jetzt nickte er leicht in Sissys Richtung, »... hat Angst, dass sie nichts Vernünftiges zu essen bekommt im hohen Norden.«
Der Mann vom Bodenpersonal beugte sich nach vorn, schaute Eric tief in die Augen und flüsterte ebenso laut zurück: »Und womit?«
Eric war sowohl überrascht von der Ernsthaftigkeit, als auch von der grammatikalisch an dieser Stelle überhaupt nicht passen wollenden Frage.
Er zog nur ratlos die Schultern nach oben.
Der Mann in der dunkelblauen Uniform lehnte sich, immer noch sehr seriös dreinschauend, zurück und sagte: »Mit Recht!«

Als Sissy hinter Eric in der Schlange vor der Fluggastkontrolle stand und er bereits dabei war, seinen Gürtel aus den Schlaufen seiner Jeans zu ziehen, kicherte sie immer noch vor sich hin.

Eine gute Stunde später waren sie in Frankfurt gelandet. Sie mussten dort in eine andere Maschine umsteigen. Eric hatte Tickets bei der größten deutschen Linienfluggesellschaft gebucht und diese bot schon seit etlichen Jahren keine sogenannten Non-Stop-Verbindungen von Stuttgart nach Hamburg mehr an. Fast der gesamte innerdeutsche Flugverkehr wurde mittlerweile von irgendwelchen Billig-Airlines bedient, die von Sissys Freundin Anna als Wald-und-Wiesen-Gedöhns bezeichnet wurden. Am schlimmsten fand Sissy, dass Annas Firma, mit der sie und Eric jetzt unterwegs waren, eine eigene Untergesellschaft gegründet hatte, mittels der versucht worden war, die Konkurrenz vom Markt zu fegen. Mittlerweile war dieses Ziel auch erreicht worden. Wer dabei auf der Strecke blieb, waren sämtliche Beschäftigten und Mitarbeiter. Denn die Arbeitsbedingungen wurden stetig schlechter und die Gehälter befanden sich im freien Fall. Von denen, die ihren Arbeitsplatz komplett verloren hatten, ganz zu schweigen. Immer wenn dieses Thema bei ihnen beiden aufs Tableau kam, wurde ihre Freundin wütend.
»Ich verstehe die Leute nicht! Wie kann man nur so naiv sein, zu glauben, man könnte für weniger Geld nach Mallorca fliegen als man für das Taxi zum Flughafen bezahlt. Dass da an den falschen Stellen gespart wird, ist doch logisch! Und Fliegen ist nun einmal nicht

billig, sondern das Gegenteil. Kein Mensch würde auf die Idee kommen, in ein Autohaus zu gehen, auf einen Porsche zu zeigen und zu sagen: Ich hätte gern den da ... aber bitte zum Preis von einem VW Polo. Diese Geiz-ist-geil-Mentalität macht alles kaputt! Aber Hauptsache, der Aktienkurs stimmt. Ach und überhaupt ... aus ökologischen Gesichtspunkten betrachtet auch der reine Wahnsinn ... kein Mensch muss drei Mal im Jahr, für einen Tag, zum Shopping nach Paris ...«

Sissy dachte an die weiteren Details dieser gefährlichen Entwicklung im Flugverkehr und die Konsequenzen, die im vergangenen Jahr dann auch ihre Freundin massiv zu spüren bekommen hatte.

Eric, der neben ihr her Richtung Gate A24 ging, hatte bemerkt, dass Sissys Stimmung sich veränderte.

»Was ist denn mit dir?«, wollte er wissen.

»Ach nichts ...«, murmelte Sissy und wich einem Rudel Geschäftsmänner aus, die eilig versuchten ihren Anschlussflug zu erwischen.

Dieses Gewusel, die Hektik, der Krach, die vielen Menschen ... und dann auch noch so ein bitteres Thema im Kopf ... ich brauche dringend ein Lungenbrötchen, dachte sie.

»Da vorne ist es ... A24. Das Einsteigen beginnt in fünf Minuten. Ich geh noch kurz eine rauchen«, sagte sie und steuerte einen dieser wenige Quadratmeter großen Glaskästen an, in die man seit einigen Jahren die Nikotinanhänger verbannt hatte.

Sie schob die Tür zur Seite und schlüpfte hinein. Das Häuschen war gut besucht.

Eigentlich brauche ich mir gar nicht selber eine anzustecken ... ich muss nur ein und ausatmen, bei der Luft hier drin, dachte sie, und zündete sich dann doch eine eigene Zigarette an. Draußen hasteten die Reisenden vorbei. Manche hatten offensichtlich etwas mehr Zeit und warfen im Vorüberschlendern mitleidige Blicke in Richtung Raucher.

So müssen sich die Affen im Zoo fühlen. Oder die Fische ... dachte Sissy, als ruckartig die Schiebetür geöffnet wurde und ein feister, rotgesichtiger Mann im Anzug das Aquarium betrat.

Bis zu diesem Moment war die Atmosphäre geprägt gewesen durch friedliches, zum Teil auch reiseerschöpftes, stillschweigendes, gemeinsames Qualmen.

Aber mit dem Eintreten des laut ins Mobiltelefon schwadronierenden, aufgedunsenen Bluthochdruck-Gesichts, änderte sich dies schlagartig.

Hektisch kramte er ein Zigarillo aus seinem Sakko und zündete es an.

»Der muss sofort isoliert werden. Der Kessler hat mitbekommen, dass er eine Arbeitnehmervertretung gründen will«, blökte er ins Handy, während er unruhig versuchte, hin und herzulaufen. Der Glaskasten bot hierfür allerdings nicht ausreichend Platz und war außerdem gut besucht, sodass er dabei eher aussah, als würde er sich im Kreis drehen. »Das ist mir völlig egal!«, schrie er jetzt. »Mach gefälligst, was ich sage!«

Um Sissy herum standen einige Passagiere, die vermutlich kein Deutsch sprachen oder verstanden. Aber sie konnte an den Gesichtern ablesen, dass der Störenfried

als solcher identifiziert war und Gefahr lief, gleich selbst einen unschönen Rüffel zu erhalten oder sogar von dem zwei Meter großen Finnen, der neben ihr stand, handfest-körperlich aus dem Raucher-Paradies entfernt zu werden.
Sie drückte ihre Zigarette aus, nahm ihre Tasche und ging Richtung Schiebetür.
Als sie sich ganz dicht an Herrn Rotgesicht vorbei schlängelte, murmelte sie: »Tu der Menschheit einen Gefallen und stirb!«
Die Augen weit aufgerissen, wirbelte er herum.
»Was fällt ...«
Den Rest konnte Sissy nicht mehr verstehen. Er war vom spontan aufgebrandeten Applaus der Mitrauchenden verschluckt worden.

T-SAFT

»Meine Damen und Herren, wir beginnen jetzt mit dem Einsteigen für Ihren Flug 020 nach Hamburg. Bitte halten Sie die Bordkarten bereit. Wir wünschen Ihnen einen angenehmen ...«
Mit einem Schlag hatten sich nahezu alle im Wartebereich sitzenden Passagiere erhoben und standen jetzt in einer riesigen Traube vor den drei Bordkartenscannern. Eric wollte ebenfalls aufstehen, doch Sissy hielt ihn am Arm fest.
»Why stand, when you can sit?«
»Wat is?«, fragte er irritiert.
»Na ich weiß nicht, wie das bei dir ist, aber mir tun immer noch die Füße weh, von der Aktion gestern. Und wenn wir uns jetzt in dieses Menschenknäuel stellen, sind wir auch nicht schneller im Flieger. Da bleib ich lieber noch ein bisschen hier sitzen. Außerdem stehen die gleich alle nochmal Schlange, im Finger ...«
»Wo bitte?«
»Na im Jetti ... in der Fluggastbrücke.«
»Sag mal, wie oft bist du schon mit deiner Flug-Maus unterwegs gewesen? Hast du schon eine Vielflieger-Bonus-Karte?«
»So oft war das jetzt auch wieder nicht«, erwiderte Sissy.

Aber es stimmte, dass sie sich relativ gut mit dem Fliegen auskannte, weil ihre Freundin sie ab und zu mitnahm auf einen ihrer sogenannten Umläufe, wenn Sissy gerade zufällig frei hatte und Anna in einer besonders interessanten Stadt übernachtete.
Zehn Minuten später hatte sich die Menschentraube in Luft aufgelöst.
»Letzter Aufruf für alle Passagiere nach Hamburg. Bitte kommen Sie umgehend zu Gate A24. Wir schließen den Flug.«
Der Wartebereich war nun fast leer. Von links kam eine Familie angehetzt.
Die Eltern hatten je ein Kind auf dem Arm und waren völlig außer Atem.
»Entschuldigung, Entschuldigung«, keuchte die Frau. »Aber die Entfernungen hier ...«
Die junge Frau vom Bodenpersonal lächelte.
»Ja, ich weiß. Aber jetzt sind Sie ja da. Holen Sie erst einmal Luft. Uns fehlen immer noch ein paar Gäste. Steigen Sie ganz in Ruhe ein.«
Die ist ja nett, dachte Sissy. Sie hatte das auch schon ganz anders erlebt.
Als sich die letzten beiden Geschäftsmänner erhoben, stand Sissy ebenfalls auf.
Eric blieb sitzen.
»Na nun komm schon!«, drängelte sie.
»Ach ... darf ich jetzt?«, fragte er unterwürfig.
»Blödnase!«, sagte sie und legte ihre Bordkarte auf den Scanner.
»Na na na! Das ist aber nicht nett.«

Die junge Frau, die am Computer stand, um den Flug abzuschließen, warf Sissy einen gespielt-strengen Blick zu. Ihre Augen blitzten dabei fröhlich.
»Glauben Sie 's mir ... er hat es verdient. Den ganzen Tag ist der frech und foppt mich«, sagte Sissy.
Piep. Eric war nun ebenfalls durch die Absperrung und stand hinter ihr.
»So, so ... «, erwiderte die junge Frau und betrachtete Sissy und Eric einen Moment lang. »Nun ja, wie sagt man so schön? Was sich liebt, das neckt sich.« Dann tippte sie weiter unschuldig auf ihre Tastatur ein. »Guten Flug!«, sagte sie lächelnd zu ihrem Bildschirm.
»Danke!«, sagten zwei verdutzt dreinschauende Kommissare im Chor.

»Iiiieeehh, Eric!«, sagte Sissy viel zu laut.
Der Mann, der am Gang saß und mit irgendwelchen Unterlagen beschäftigt war, unterbrach seine Tätigkeit für einen Moment und warf einen verstohlenen Blick auf seine beiden Sitznachbarn.
Sissy saß am Fenster. Eric hatte den Mittelplatz gewonnen. Aber zum Glück waren ihre Sitzplätze in der Notausgangsreihe, sodass er wenigstens seine langen Beine ausstrecken konnte.
»Ah, lecker«, sagte er jetzt und nahm noch einen kräftigen Schluck Tomatensaft.
Sissy hasste zwei Sorten Saft von ganzem Herzen. Eine davon war Karotten-, die andere Tomatensaft.
Und Eric wusste das. Schon als er beim Flugbegleiter sein Getränk bestellt hatte, hatte sie sich geschüttelt. Als

Sissy für einen Moment abgelenkt gewesen war, weil sie aus dem Fenster schaute und die Aussicht auf den Himmel und die Sonne genoss, die sich zuvor weder in Stuttgart noch in Frankfurt hatte blicken lassen, hatte er leise zu ihrem Hinterkopf gesagt: »Duhu ...«

Als Sissy sich daraufhin zu ihm umgedreht hatte, schwebte der volle Plastikbecher direkt vor ihrer Nase hin und her.

»Du bist heute echt noch frecher als sonst«, sagte sie, jetzt wieder in angemessener Lautstärke.

Als kurze Zeit später ein anderer Flugbegleiter mit dem rollenden Container zum Einsammeln der leeren Becher vorbei kam, sagte Eric: »Lustig ... eine reine Männercrew. Das hatte ich auch noch nie.«

»Ja«, erwiderte Sissy, »das ist auch selten. Noch seltener kommt es allerdings vor, dass alle Besatzungsmitglieder weiblich sind ... obwohl es tatsächlich auch im Cockpit immer mehr Mädels gibt.«

»Nur Weibsen im Flieger? Und dann auch noch *vorne*? Na ich weiß nicht ob ich da entspannt drin sitzen ... Aua!«

Sissy hatte ihn in den Oberschenkel gezwickt. Jetzt deutete sie mit dem rechten Daumen auf das Notfenster, neben dem sie saß.

»Noch so ein Macho-Spruch und du kommst auf die Tragfläche. Und glaub mir – ich weiß, wie die Dinger aufgehen. Anna hat heimlich mit mir geübt.«

Der Passagier am Gang warf ihr einen besorgten Blick zu.

»Apropos Anna ...«, sagte Sissy, während sie brav ihre

Hände faltete und wieder in den Schoß legte, »... wäre eine lustige Überraschung geworden, sie hier zu treffen.«

»Wieso? Hast du sie denn heute Morgen nicht kontaktiert und gefragt, ob sie zufällig diesen Flug im Dienstplan hat? Ich war mir sicher, dass du das tun würdest.«

»Na wann hätte ich das denn bitte machen sollen? Ich musste ja erst mal nach Hause, duschen, Zähne putzen, Koffer packen ...«

»Moment mal«, unterbrach Eric sie, »wieso den duschen und Zähne putzen?«

Shit! Voll verplappert!, dachte Sissy, da wurde sie von einer Stimme über ihrem Kopf gerettet.

»Meine Damen und Herren, wir befinden uns bereits im Landeanflug ...«

Die zuvor herrschende Ruhe wurde durch eine allgemeine, hektische Betriebsamkeit abgelöst. Laptops wurden zu-, und Tische hochgeklappt, das Handgepäck wurde verstaut und der eine oder andere fühlte sich spontan dazu berufen, nochmal kurz das stille Örtchen aufzusuchen. Letzteres kam bei Flugbegleitern überhaupt nicht gut an, denn in dieser Phase des Fluges war die Verletzungsgefahr durch Turbulenzen und Wirbelschleppen von vorausfliegenden Maschinen besonders hoch.

Fünf Minuten später tauchte das Flugzeug in eine dichte, dunkle Wolkenschicht ein. Kurze, ruckartige Bewegungen der Maschine waren die Folge. Der Mann am Gang veränderte minimal seine Körperhaltung, doch

Sissy bemerkte es.

Der Arme hat Flugangst, dachte sie. Ich hoffe, er weiß wenigstens, dass er damit nicht alleine ist.

Von ihrer Freundin wusste sie, dass über siebzig Prozent aller Linienflugpassagiere von diesem »Phänomen« betroffen waren, wenn auch in sehr unterschiedlichen Ausprägungen und Stärkegraden.

Allmählich wurde die Wolkenschicht immer dünner. Als sie nur noch aus durchsichtigen, unterbrochenen Schleiern bestand, konnte Sissy den Hamburger Hafen erkennen.

»Kieck mol, kleine Muschel«, sagte sie.

Eric lehnte sich halb über sie, damit er aus dem ovalen Fenster schauen konnte.

»Aaah ... Hambuach, meine Pearle«, seufzte er.

Sissy sog seinen Duft ein und dachte: Geh bloß nicht wieder weg.

DOCKLAND

»Moin! Nach Altona, zum Dockland bitte«, sagte Eric, als er und Sissy sich auf die Rückbank des Taxis gequetscht hatten.

»Jou!«, war die ausführliche Antwort im lokalen Sprachkleid.

»Wie? Wir fahren nicht erst ins Hotel?«, wollte Sissy wissen.

»Hast du mal auf die Uhr gesehen, min Deern? Unser Termin mit Jens Winterbach ist in einer halben Stunde. Das reicht nicht mehr.«

»Oh nee! Jetzt muss ich die ganze Zeit diesen schweren Koffer mit mir rumschleppen.«

»Hättest du halt deine Maultaschen und Käsespätzle zuhause gelassen«, neckte Eric sie erneut.

An dieser Stelle hätte Sissy zumindest mit einem irritierten Blick des Taxifahrers gerechnet. Aber der schwamm nur mit stoischer Gelassenheit durch den relativ dichten Hamburger Verkehr und schien in einer völlig anderen Welt zu sein.

»Zum hundertsten Mal ... das heißt nicht *Käsespätzle* sondern *Kässpätzle*. Wann merkst du dir das endlich mal, du elender kleiner Muschelschubser?«

Ein leise-gebrummtes Räuspern, ließ darauf schließen, dass der Fahrer doch nicht so abwesend war, wie es den

Anschein gehabt hatte.

Eric grinste.

»Du solltest vorsichtig sein ... Solidarität unter Einheimischen wird in dieser Region besonders großgeschrieben.«

»Jou!«, war der gewohnt ausschweifende Kommentar von vorne.

»Das sieht ja aus wie ein Schiff«, sagte Sissy, und legte den Kopf in den Nacken.

Sie standen vor einem der architektonisch interessantesten Gebäude Hamburgs, dem sogenannten Dockland. Es stand direkt am Elbufer in Hamburg Altona und hatte die Form eines Parallelogramms. Beide Faktoren führten dazu, dass beim Betrachter die beabsichtigte Anmutung eines Schiffes erzeugt wurde. Eine der beiden schmalen Seiten des Baus befand sich direkt am Ufer. Hier dehnte sich der Bürokomplex, Etage für Etage, in die Breite aus, sodass die oberen Stockwerke, bis zur Spitze hin, immer weiter über das Wasser ragten, was diesen Eindruck noch zusätzlich verstärkte.

»Guten Tag, die Herrschaften Kommissare. Guten Flug gehabt?«

Jens Winterbach war optisch ein relativ großer Gegensatz zu Heiko Eitler. Er war fast zwei Meter lang und blond und zwar auch sehr edel und offensichtlich teuer gekleidet, allerdings in einer eher lässigen, dezenten Form. Er trug eine grob gewebte weiße Leinenhose und ein dunkelblau-weiß-gestreiftes Sweatshirt. Um seinen

Hals war ein roter Seidenschal in Knitteroptik geschlungen. Die Füße steckten in makellos-weißen Segeltuchschuhen. Dass Wassersport zu seinen Hobbies gehörte, konnte man sowohl an seinem gesund wirkenden, leicht gebräunten Teint, als auch an den zahllosen Urkunden erkennen, die an der linken Bürowand hingen. Sissys und Erics Aufmerksamkeit wanderte jedoch fast unmittelbar zu der riesigen Glasfront hinter Jens Winterbachs Schreibtisch, durch die man eine gigantische Aussicht auf einen Teil des Hafens hatte.

»Ja, vielen Dank«, sagte Eric kühl.

Seit er Heiko kennt, hat er scheinbar ein generelles Problem mit diesem Berufsstand, dachte Sissy und versuchte die Atmosphäre aufzulockern.

»Meine Güte, *Sie* haben es aber schön hier!«

Sie trat an die Fensterfront und ließ ihren Blick einen Moment lang umherschweifen.

»Ja, das finde ich auch. Aber deshalb sind Sie nicht so weit gereist, nicht wahr? Entschuldigen Sie bitte. Ich will nicht unhöflich sein, aber mir sitzt die Zeit im Nacken. Wenn wir also zur Sache kommen könnten?«

»Ähm, ja. Natürlich!«, sagte Sissy und nahm auf einem der modernen gläsernen Kunststoffstühle Platz, die dem Schreibtisch des Detektivs gegenüberstanden.

Die Arroganz haben sie gemeinsam, dachte Sissy, wurde jedoch gleich wieder besänftigt.

»Darf ich Ihnen etwas anbieten? Kaffee, Tee, Wasser oder vielleicht einen steifen Grog?«

»Steifer Grog? Das ist doch mit Alkohol, oder? Tut mir leid … das geht jetzt gar nicht!«, sagte Sissy und blickte von Jens Winterbach zu Eric und wieder zurück. Zu ihrer Verwunderung sah sie plötzlich, dass die Lippen beider Männer von einem kaum merklichen Schmunzeln umspielt wurden.

»Zwei Kaffee, bitte«, sagte Eric, nun wieder vollkommen ernst.

Der Detektiv nahm den Hörer von seiner hochmodernen Telefonkonsole, sprach hinein: »Charly, bitte drei Cappus« und legte wieder auf.

»So, kommen wir also zum Wesentlichen. Heiko hat mir ja schon gesagt, worum es sich handelt. Ich werde Sie jetzt ins Bild setzen. Wenn Sie zwischendurch eine Frage haben, unterbrechen Sie mich einfach.«

Eric nickte nur knapp, während Sissy das Tempo wieder einmal zu hoch war.

Jetzt erinnert er mich an Dr. Staudt, dachte sie, da hatte Jens Winterbach bereits mit seinem Bericht begonnen.

»Jara Mason kam vor etwas mehr als einem Jahr zu mir. Meine Partner und ich hatten gerade diese Büroräume bezogen.«

Sissy erinnerte sich an das Schild, das sie am Eingang gesehen hatte. Es war aus Bronze und kunstvoll graviert. Everding, Petersen, Winterbach – Private Ermittlungen, lautete die Inschrift.

»Die Reederei Paulsen hat direkt über uns die komplette Etage. Jara Mason war damals von Australien nach Hamburg zurückgekehrt, weil ihre Mutter schwer erkrankt war, aber das wissen Sie ja bereits. Frau Mason war in dieser Zeit mindestens drei Mal die Woche hier im Haus, um den beiden Geschäftsführern auf die

Finger zu schauen, beziehungsweise um Anweisungen ihrer Mutter auf deren Umsetzung hin zu überprüfen. Marie Paulsen war ja ans Bett gefesselt und zwischendurch in Kliniken, sodass sie dies nicht mehr selbst tun konnte. Frau Mason hatte wohl mitbekommen, dass wir hier einziehen und da sie zu diesem Zeitpunkt schon länger nichts von ihrem Bruder gehört hatte, kam sie dann eines Tages zu uns. Der einzige Anhaltspunkt den ich auf der Suche nach Jan-Philipp Paulsen hatte, war ein Feriendomizil in der Toskana.«
»Moment, Moment«, nahm Sissy das Unterbrechungsangebot wahr. »Bitte erst mal ganz von Anfang an. Wie kam es überhaupt zu diesem plötzlichen Untertauchen. Dafür muss es ja einen Anlass gegeben haben, oder nicht? Und was ist denn mit dem Umfeld des Toten? Hatte er tatsächlich, außer zu seiner Schwester, keinen Kontakt mehr zu Freunden oder andere Verwandten … oder zu seiner Mutter? Und …«
»Hui, junge Dame. Ganz schön forsch …«
Jetzt war es Sissy, die unabsichtlich aufs Gaspedal getreten war. »… aber Sie haben ja recht. Also, eins nach dem anderen. Okay. Zunächst zur Person. Jan-Philipp Paulsen war Arzt, Fachbereich Unfallchirurgie. Er war hier in Hamburg viele Jahre tätig im UKE …«
»Universitätsklinik Hamburg-Eppendorf«, sagte Eric zu Sissy, die ein fragendes Gesicht machte.
»… genau«, fuhr Jens Winterbach fort. »Er war vor vielen Jahren maßgeblich an der Konzeptentwicklung für eine separate, spezifische Kinderabteilung beteiligt. Dieser neue Bereich des UKE wird demnächst eröffnet.

Tragisch, dass er das nun nicht mehr miterleben wird.«
Es klopfte leise an die Tür.
»Komm rein, Charly.«
Ein älterer Mann mit tausend Lachfalten im Gesicht, betrat den Raum. Er balancierte geschickt ein Tablett auf dem sich drei ausladende Tassen aus massivem Steingut befanden. Er platzierte geräuschlos seine Mitbringsel auf dem Schreibtisch, grinste in die Runde und verschwand wieder.
Na das nenn ich mal einen echten Gegenentwurf zu Heikos greller Assistentin Mascha, dachte Sissy dem stummen Diener hinterher.
»Jemand Zucker? Nein? Gut, also … wo war ich? Ach ja … Der Anlass für sein Verschwinden war vermutlich der Unfalltod seiner Frau und seines Sohnes …«
Sissy merkte, wie ihr ein Schauer über den Rücken lief. Sie hielt den Atem an.
»… darüber hinaus waren die Familienbande nicht sehr eng, so wie ich das verstanden habe. Genaueres kann Ihnen dazu allerdings nur Frau Mason sagen. Sie werden ja vermutlich noch mit ihr sprechen?«
Eric nickte nur knapp.
Jens Winterbach fuhr fort: »Also auf jeden Fall war dieser Autounfall verheerend. Es passierte im Herbst. Überall Laub und das typische Hamburger Nieselwetter. Die Straße war nass und rutschig. Dr. Paulsen saß am Steuer. Der Wagen ist von der Straße abgekommen und gegen einen Baum geprallt. Seine Frau und sein Sohn waren sofort tot. Als die Rettungskräfte, die von einem anderen Autofahrer alarmiert worden waren, an

die Unfallstelle kamen, hatte er sich bereits aus dem Wrack befreit, weil er nahezu unverletzt geblieben ist. Er hat völlig verzweifelt versucht, seine Familie aus dem Auto zu bekommen. Aber sie waren zu stark eingeklemmt. Er hatte keine Chance.«

Für einige Augenblicke herrschte Stille. Sissys Blick ging zur Fensterfront. Plötzlich verdunkelte sich der Himmel und es wurde stockfinster. Überdimensional-dicke Regentropfen prasselten vom Himmel. Nach wenigen Sekunden war der Spuk vorbei und die Sonne blinzelte wie zuvor, immer mal wieder, kurz und hektisch zwischen den sich ungewöhnlich schnell bewegenden Wolkenfeldern hindurch.

Jens Winterbach nippte gedankenverloren an seiner Tasse und sprach dann weiter.

»Dr. Paulsen war danach erst mal für lange Zeit arbeitsunfähig. Er zog sich immer mehr zurück. Irgendwann hat er alle Brücken abgebrochen – zu seiner restlichen Familie, den Freunden, den Kollegen in der Klinik ... Sechs Monate nach dem Unfall hat er im UKE gekündigt und sich sogar aus dem Ärzteregister löschen lassen. Die Einzige, mit der er noch sporadisch Kontakt hatte, war seine Schwester. Sie lebte damals schon in Australien. Ihre beiden Kinder waren noch sehr klein und sie war gerade dabei, mit ihrem Mann eine Firma für Bootsbau und -wartung zu etablieren. Deshalb war sie nach dem Unglück nur für einige Tage in Hamburg, um bei der Beerdigung dabei zu sein. Wenn sie mit ihr sprechen ... nun ja ... sie macht sich deswegen große Vorwürfe ...«

Doch gar nicht so übel, der Herr Privatdetektiv, revidierte Sissy innerlich ihren ersten Eindruck von Jens Winterbach.

»Wir werden das berücksichtigen, keine Sorge«, sagte Eric.

»Gut ... also weiter. Dr. Paulsen hatte, wie gesagt, alle Brücken abgebrochen. Er hat nach der Kündigung sein Haus verkauft und seine Konten aufgelöst. Er hat sein gesamtes Vermögen dem UKE und anderen gemeinnützigen Organisationen gespendet. Unmittelbar danach ist er untergetaucht.«

»Was ist mit diesem Haus in der Toskana?«, wollte Eric nun wissen.

»Nun, dass er eventuell auf dem Weg dorthin sein könnte, war eine Vermutung seiner Schwester. Die Familie Paulsen verfügte über mehrere Feriendomizile ...«

Alles andere hätte mich auch gewundert, dachte Sissy.

»... ein kleines Haus auf Sylt, ein Appartement in Sankt Moritz sowie jenes besagte Anwesen in Italien. Wenn ich Frau Mason richtig verstanden habe, hat die Familie schon vor vielen Jahren damit begonnen, die Urlaube und freien Tage getrennt zu verbringen. Jörn-Peter Paulsen war leidenschaftlicher Skiläufer und hat sich deshalb sehr oft in der Schweiz aufgehalten. In den ersten Jahren mit der ganzen Familie, später hin und wieder mit seiner Frau und dann in den Jahren vor seinem Tod auch alleine. Anfangs, als Jara Mason und ihr Bruder noch klein waren, verbrachte die Familie im Sommer auch gemeinsame Tage in der Toskana. Das

Haus auf Sylt wurde nicht so häufig frequentiert. Erst in den letzten Jahren. Und zwar ausschließlich von Marie Paulsen, der die lange Reise in den Süden irgendwann lästig wurde. Es gibt für diese *Separierung* der Familie, im Freizeitbereich, eventuell noch tieferliegende Gründe ... dazu müssten Sie allerdings, wie gesagt, Frau Mason befragen ... «

»Werden wir«, sagte Sissy, während sie erneut nach ihrer Kaffeetasse griff.

»Aber wieso hatte seine Schwester ihn dann in Italien vermutet? Nur wegen dieser zuvor herrschenden, sonderbaren Aufteilung? Es wäre doch trotzdem möglich gewesen, dass er sich für Sylt oder Sankt Moritz entschieden hätte, oder nicht?«

»Im Prinzip schon, ja«, antwortete der Detektiv. »Und ich habe zunächst natürlich auch alle Orte überprüft, beziehungsweise, was Sankt Moritz und die Toskana betrifft, überprüfen lassen ...«

Sich an, dachte Sissy, die private Schnüffelfraktion arbeitet sogar länderübergreifend zusammen.

»... aber es gibt hauptsächlich einen Grund, der dagegen sprach, dass er nach Sylt oder in die Schweiz wollte. Er war, laut Aussage seiner Schwester, ein außergewöhnlich sozialer Mensch. Er verabscheute Glamour, Protz und Pomp. Jede Form der Oberflächlichkeit war ihm zutiefst zuwider. Mehr muss ich an der Stelle wohl nicht dazu sagen?!«

Sissy sah vor ihrem geistigen Auge teure Luxusschlitten mit goldenen Felgen durch Kampen fahren und in Pelz gehüllte, wahlweise stark geliftete oder geschminkte Society-Damen durch blütenweißen schweizer Schnee waten.

»Nicht nötig, vielen Dank«, sagte Eric, nicht ganz ironiefrei im Ton. »Und was deutete sonst noch daraufhin, dass er in die Toskana wollte?«

»Frau Mason sagte, er wäre dort immer am glücklichsten gewesen. Schon als sie noch Kinder waren und später auch mit seiner Frau und seinem Sohn ... Außerdem war er eindeutig auf dem Weg nach Süden. Ich konnte seine Spur anfänglich noch verfolgen, weil er hin und wieder von der Polizei kontrolliert worden ist.«

Na wie du an die Info gekommen bist, will ich gar nicht wissen, dachte Sissy.

»Das letzte Mal ist er mit seinem richtigen Namen und der alten Meldeadresse in Mannheim überprüft worden. Danach habe ich seine Spur verloren. Gut, er hätte theoretisch auch auf dem Weg in die Schweiz sein können, aber wie gesagt ... eher unwahrscheinlich. So wie die Sache sich jetzt für mich darstellt, muss er sich irgendwann einen neuen Personalausweis besorgt haben.«

»Ja, das hat er«, warf Sissy ein. »In seinen Papieren stand, wie Sie wissen, der Name Jan-Philipp Paul. Und unter der Anschrift, wie in solchen Fällen üblich, nur die Stadt und die Postleitzahl des Ordnungsamtes, wo er die neuen Papiere beantragt hatte.«

»Die Frage ist nur, warum er sich so lange in Stuttgart aufgehalten hat«, mischte Eric sich jetzt ein.

»Ja, erstens das«, sagte Sissy, »und zweitens, warum hat er nicht einen komplett anderen Namen angege-

ben?«
»Ja ... und mir fallen da plötzlich noch ein paar mehr Fragen ein ... wann ist er untergetaucht? Vor drei Jahren?«
»Zirka, ja«, antwortete Jens Winterbach.
»Was hat er denn in der ganzen Zeit gemacht? Gut, die letzten Monate war er im Stuttgarter Raum unterwegs ... aber einerseits wissen wir nicht, warum und außerdem, wo war er davor? Und wieso ist er nicht einfach in einen Zug, Flieger oder Mietwagen gestiegen, um auf direktem Weg in die Toskana zu kommen?«
»Auf die letzte Frage habe ich eventuell eine Antwort«, sagte der Detektiv. »In einem der ersten Telefonate, das er nach seinem Verschwinden mit seiner Schwester geführt hat, hatte er davon gesprochen, auf Wanderschaft gehen zu wollen. Den Kopf und die Seele auslüften, waren glaube ich seine Worte.«
Er erhob sich plötzlich aus seinem edlen, hellbraunen Lederstuhl und streckte Sissy die Hand entgegen.
»Alles andere müssen Sie selbst herausfinden. Ich habe Ihnen gesagt, was ich weiß. Viel Glück! Sie entschuldigen mich jetzt?«

»Komischer Vogel«, sagte Sissy zu Eric, als sie das imposante Gebäude verlassen hatten.
Eric lachte leise.
»Das ist kein komischer Vogel. Das ist ein ganz normaler, durchaus typischer Hanseat.«
»Aha!«, erwiderte Sissy. »Du willst also damit sagen, dass der gemeine Norddeutsche an sich, unterkühlt, un-

freundlich und arrogant ist?«
Eric lachte erneut.
»Also obwohl du ein halbwegs verständliches Deutsch sprichst ...«
»Was soll das denn heißen? Deine Komplimente werden auch immer fragwürdiger«, fuhr Sissy ihm in die Parade.
Eric ließ sich nicht irritieren und sprach einfach weiter.
» ... was für den süddeutschen Raum ja alles andere als selbstverständlich ist – von den innerdeutschen Mentalitätsunterschieden scheinst du keine Ahnung zu haben. Diese Art hat weder etwas mit Unterkühlung noch mit Arroganz zu tun. Die Menschen sind hier oben einfach etwas direkter. Und der Humor ist auch völlig anders als im Süden. Der Witz mit dem Grog ist total an dir vorbei gegangen, oder?«
»Aach ... das sollte ein Scherz sein!«, sagte Sissy beleidigt, »Ha, ha!«
Eric grinste, dann fuhr er fort.
»Aber Tatsache ist auch, dass wenn du das Herz eines Nordlichtes, oder *Nordostlichtes*, einmal erobert hast – was zugegebenermaßen nicht ganz leicht ist – gehört es für immer dir.«
Als Sissy ihm einen überraschten Blick zuwarf, wurden ihre Knie weich. Aus dem Augenwinkel sah sie, wie sich ein silberfarbener Wagen näherte.
»Taxi!«, brüllte sie viel zu laut und riss den linken Arm nach oben.
Als sie einstieg, dachte sie: Jetzt bin ich zweimal am selben Tag von der chauffierenden Zunft gerettet worden

... die Jungs und Mädels werde ich heute in mein Nachtgebet einschließen.

CCH

Kaum saßen Sissy und Eric im Taxi, klingelte sein Handy.
»Jahn.«
Für einen Moment war es still und er lauschte dem Anrufer.
»Frau Mason, ich grüße Sie. Wir sind bereits auf dem Weg …«
Die Stimme am anderen Ende der Leitung hatte ihn offenbar unterbrochen.
Nach einer Weile sagte er: »Ja, natürlich kann ich das verstehen. Aber wir müssen wirklich dringend mit Ihnen sprechen …«
Sissy konnte jetzt die Stimme, die aus dem Telefon kam, hören. Sie klang aufgeregt.
»Beruhigen Sie sich bitte«, sagte Eric jetzt. »Wann geht Ihr Flug?«
Er wartete die Antwort ab.
»Dann schlage ich vor, wir treffen uns morgen Früh dort. Wir müssen ja auch zurück … sagen wir gegen neun Uhr an der Information in Terminal eins?«
Nach einer weiteren Lauschpause fügte er hinzu: »Gut, Frau Mason. Dann bis morgen. Und keine Sorge … das wird schon.«
Er legte auf und schüttelte den Kopf.

»Was ist denn los?«, fragte Sissy.
Eric beugte sich nach vorne und sagte zum Taxifahrer: »Das Reiseziel hat sich geändert ...«
Der Satz kommt mir irgendwie bekannt vor, dachte Sissy, als Eric hinzufügte: »Zum CCH, bitte.«
Dann lehnte er sich wieder zurück, seufzte und sagte: »Weißt du, wenn es mal läuft, dann läuft es ...«
»Eric, bitte! Jetzt lass dir halt nicht alles aus der Nase ziehen.«
»Die Mason hat vor einer Stunde einen Anruf erhalten. In ihrer Firma in Australien hat es einen Unfall gegeben. Ihr Mann ist dabei verletzt worden. Sie muss so schnell wie möglich zurück und dreht deshalb natürlich völlig am Rad. Eigentlich hat sie hier noch einiges zu regeln, aber ...«
»Echt nicht, oder?«, fragte Sissy entsetzt dazwischen. »Ist er schwer verletzt? Hat sie was gesagt?«
»Nein, wohl nicht. Aber er ist im Krankenhaus. Und die beiden haben ja wie du weißt, zwei Kinder. Außerdem ist die Firma jetzt *führungslos.*«
Sie schwiegen eine Zeitlang.
Nach einer Weile sagte Sissy: »Das ist echt heftig. Aber weißt du, was ich gerade denke? Dann könnten wir doch jetzt gleich wieder zurück nach Stuttgart fliegen ... würde Übernachtungskosten und Spesen sparen und mit Frau Mason kann man ja auch morgen irgendwann telefonieren oder so ...«
»Was ist denn mit dir los?«, fragte Eric erstaunt. »Seit wann bist du denn so besorgt, was unsere Reisekosten-Abteilung betrifft? Man könnte ja fast auf die Idee

kommen, du wärst nicht gerne mit mir unterwegs!«
Im Gegenteil, dachte Sissy, ich bin viel zu gerne mit dir hier in dieser traumhaft schönen Stadt ... das ist ja das Problem.
»Ach iwo!«, murmelte sie und blickte unauffällig aus dem Seitenfenster.
Sie spürte, dass Eric neben ihr mit den Achseln zuckte.
»Aber um auf deinen Vorschlag zu kommen – das geht aus verschiedenen Gründen nicht. Die Mason kann ja wohl schlecht telefonieren, wenn sie auf dem Weg nach Australien ist. Außerdem ist in dem Fall das persönliche Gespräch mit ihr wichtig. Deshalb sind wir ja unter anderem hier. Dazu kommt, dass in diesen Tagen hier in Hamburg der Bär steppt, weil einige Messen stattfinden ...«
Der Taxifahrer gab zur Bestätigung ein zufriedenes, wohlbekanntes »Jou!« von sich.
»... dass heißt, die Flieger sind alle voll. Der Früheste, den ich für den Rückweg buchen konnte, geht morgen Vormittag um zehn.«
»Ahja, na dann ... aber dann ...«, unternahm Sissy einen letzten, halbherzigen Versuch, nicht in Versuchung zu geraten »... ist das doch mit den Hotelzimmern sicher auch schwierig, oder? Nicht dass wir da gleich ankommen und unsere Zimmer sind schon anderweitig vergeben worden ... ist ja schon spät.«
»Keine Sorge!«, erwiderte Eric fröhlich. »Onkel Gustav hat für alles gesorgt!«
Sissy gab sich geschlagen.
»Wer, bitteschön, ist Onkel Gustav?«, fragte sie.

»Lass dich überraschen, min Deern«, sagte Eric und blickte nun seinerseits aus dem Fenster. Durch die Spiegelung konnte Sissy erkennen, dass ein zufriedenes, schelmisches Lächeln seine Lippen umspielte.

»Ohauehaueha! Wie sieht es denn hier aus?«, entfuhr es Eric, als sie die Rolltreppe, die hoch in die Lobby des CAS Hotels führte, verlassen hatten.
Das Hotel war angeschlossen an das Kongresszentrum CCH, und eines der höchsten Gebäude der Hansestadt.
Sissy, die hinter ihm stand, fragte: »Wieso? Was meinst du denn?«
»Na dieses Schwarz überall … sieht ja schlimm aus!«, sagte er wenig erfreut.
Sissy ließ ihren Blick umherschweifen.
Er hat recht, dachte sie.
Wohin sie auch schaute – Decke, Wände, Rezeption, linker Hand mehrere massige Säulen – alles war aus einem ihr unbekannten Material gefertigt, das anmutete wie schwarzer Marmor, in den kleine funkelnde Glitzersteine eingearbeitet waren.
Hier den ganzen Tag arbeiten zu müssen, stell ich mir irgendwie echt schwierig vor, dachte Sissy noch, da kam ein hochgewachsener Mann schnellen Schrittes durch die Halle auf sie zu.
»Lieblingsneffe! Komm an meine alte Brust!«
Eric und der unbekannte Mann umarmten sich kurz und herzlich.
Sissy fiel auf, dass die beiden fast gleich groß waren und eine ähnliche Statur hatten. Als sie sich voneinander

lösten, bemerkte sie, dass der Mann aussah wie eine ältere Kopie von Eric. Sein Haar war grau und nicht mehr ganz so dicht, wie das ihres Kollegen. Sein Gesicht wies deutlich mehr Falten auf und die Lippen waren nicht ganz so voll. Aber er hatte das gleiche Lächeln und Form und Farbe der Augen waren absolut identisch.

Eric lachte und sagte dann: »Hallo Gustavo! Natürlich bin ich dein Lieblingsneffe. Ich bin ja auch dein einziger. Darf ich dir meine Kollegin vorstellen? Das ist Alissa Ulmer. Aber auf den Namen Alissa hört sie eigentlich schon gar nicht mehr ... Sissy, das ist mein Onkel, Gustav Hansen. Er ist hier der stellvertretende Direktor.«

Der Mann nahm Sissys Hand, verbeugte sich halb und schenkte ihr ein strahlendes Lächeln.

»Ja die Frau Sissy. Endlich lerne ich Sie einmal persönlich kennen. Ich habe schon viel von Ihnen gehört ...«

»Hallo Herr Hansen«, grüßte sie zurück. »Tatsächlich? Ich von Ihnen leider noch nie ...«

Als sie zu Eric schaute, bemerkte sie zu ihrer Überraschung, dass sein Gesicht plötzlich eine noch gesündere Farbe angenommen hatte.

»Na aber dann hoffe ich, dass er wenigstens nur Gutes von mir erzählt hat«, sagte sie jetzt wieder an Erics Onkel gewandt.

»Aber hallo!«, war die verschmitzte Antwort. »Ich muss allerdings sagen, dass Sie noch viel hübscher sind, als ...«

»Gustav, bitte!«, fiel Eric, der mittlerweile knallrot im

Gesicht war, seinem Onkel ins Wort. »Wärst du jetzt so nett, uns einzuchecken? Wir haben noch jede Menge zu tun ...«

»Ach Kinder«, sagte Gustav Hansen, während er Sissys Koffer nahm und ihr den angewinkelten Arm anbot, damit sie sich einhaken konnte, »immer nur Arbeit, Arbeit, Arbeit. Ihr seid hier in der schönsten Stadt Deutschlands ... das müsst ihr doch auch ein bisschen genießen!«

Sissy lächelte und ergriff den angebotenen Arm. Fröhlich plaudernd schlenderten sie und Gustav Hansen zur Rezeption. Eric, dessen Gesichtsfarbe sich nur langsam normalisierte, folgte ihnen unauffällig.

Als sie zu dritt in einen der vier Fahrstühle eingestiegen waren, fragte Eric: »Sag mal, wann habt ihr denn renoviert? Ich meine, klar – es wurde langsam Zeit. Das war ja alles schon etwas in die Jahre gekommen, hier. Aber irgendwie ...«

Gustav Hansen drückte hinter Sissy einen Knopf an der entsprechenden Leiste und die Türen schlossen sich. Dann seufzte er leise.

»Letztes Jahr. Und frage nicht, was das für ein Theater war. Bei den Umbauarbeiten ist so einiges danebengegangen ... und ich weiß natürlich, worauf du anspielst. Ich fand die Idee, die Lobby in diesem Stil zu gestalten auch nicht gerade prickelnd. Aber da war nichts zu machen. Der Innenarchitekt hatte wohl zu der Zeit einen Trauerfall in der Familie ...«

Sissy lachte. Und Gustav Hansen fügte nun schmun-

zelnd hinzu: »Wenn kein Gast in der Nähe ist, sprechen wir immer von unserer schwarzen Puff-Höhle.«
Sissys Ohren gingen plötzlich zu.
»Huch! Was ist das denn?«, fragte sie erschrocken.
»Das, junge Dame, ist der schnellste Lift Hamburgs«, sagte er, nicht ganz ohne Stolz. »Tja, wenn man sechsundzwanzig Stockwerke in zehn Sekunden überwindet, hat das kleine Trommelfell ganz schön was zu tun.«
»Sechsundzwanzig? Ohhh! Wo sind denn unsere Zimmer? Im Himmel?«,
fragte Sissy und hielt sich die Nase zu, um einen Druckausgleich vorzunehmen.
Gustav Hansen lachte leise.
»Ja, so ähnlich könnte man das wohl ausdrücken, verehrte Frau Sissy«, sagte er geheimnisvoll.
Dann stoppte der Aufzug und Sissy spürte, wie zuerst ihr Körper, und dann ihre Eingeweide, einmal kurz ein wenig nach oben und anschließend sofort wieder nach unten sackten.
Die Fahrstuhltür öffnete sich und sie und Eric folgten Gustav Hansen durch einen langen gedämpft beleuchteten Flur.
»Wow und nochmal wow!«
Sissy war überwältigt. Sie standen zu dritt in einem riesigen Raum. Der Fußboden war aus hellen Holzdielen gefertigt, das Mobiliar wirkte sehr elegant und teuer und war geschickt platziert. Linker Hand konnte man ein riesiges Bett erkennen, in dem sicherlich eine fünfköpfige Familie hätte untergebracht werden können.
Gustav Hansen stellte Sissys Koffer ab und bot ihr er-

neut seinen Arm an.

»Freut mich, dass es Ihnen gefällt, Frau Hauptkommissarin. Aber das Beste haben Sie noch gar nicht gesehen. Darf ich bitten?«

Sissy griff zum zweiten Mal nach dem ihr dargebotenen Ellbogen und ließ sich zu einer der beiden Fensterfronten führen, die das überdimensional große Hotelzimmer nach Osten und Süden hin umrahmten.

Als sie an einer der Scheiben stand, verschlug es ihr die Sprache. Sie fühlte sich für einen Moment zurück versetzt in den Flieger, von dem aus sie wenige Stunden zuvor, langsam über Hamburg eingeschwebt war.

Just in diesem Moment schob sich von rechts ein unförmiges, sonderbar aussehendes Flugzeug in Sissys Blickfeld. Sie zeigte wortlos darauf und drehte sich zu Eric um. Er trat neben sie.

»Das ist der Beluga«, sagte Gustav Hansen. »Warum er heißt wie ein Wal, ist denke ich unschwer zu erkennen. Er dient ausschließlich dem Transport von Flugzeugteilen.«

Jetzt standen sie alle drei wortlos an der Fensterfront und verfolgten andächtig den Landeanflug des lautlosen Giganten. Freilich waren die Geräusche, die der Flieger sicherlich nicht zu knapp produzierte, lediglich deshalb nicht zu hören, weil er einige Kilometer entfernt und die Isolierung der Fenster einigermaßen passabel war. Dennoch hatte das Schauspiel einen ganz besonderen Reiz, der durch das scheinbar lautlose Schweben des großen »Vogels« noch intensiviert wurde.

Als das Flugzeug aus dem Blickfeld der drei Beobachter

verschwunden war, drehte Sissy sich um.
»Herr Hansen«, begann sie, »das ist wirklich ein unglaublich schönes Zimmer ... und es bietet auch reichlich Platz ... aber wo ist das zweite Bett, wenn ich fragen darf ... ?«
»Tja, mein Junge ... ich hatte für dich gehofft, dass sie diese Frage nicht stellen ...«, er brach abrupt mitten im Satz ab, als er das verzweifelte Gesicht seines Neffen sah.
Wieder zu einem geschäftsmäßigen Ton zurückfindend, ging er auf eine Tür rechts im Raum zu, während er sagte: »Wie ihr wisst, finden zur Zeit einige Messen bei uns statt. Auch wir waren deshalb bereits hoffnungslos ausgebucht, als Erics Anfrage mich erreichte ...«
Er öffnete die Tür und bedeutete Sissy und Eric, ihm zu folgen.
»Deshalb war das Einzige, was noch frei war diese Suite. Wir könnten sie, rein vom Platzvolumen her, natürlich an zwei Gäste vergeben. Allein, das Problem ist, in diesem Teil, der eigentlich als Konferenzraum dienen sollte, gibt es zwar eine ebenfalls fantastische Schlafgelegenheit, aber ansonsten nur ein separates WC mit Waschbecken. Das Bad müsste geteilt werden ... aber das bekommt ihr sicherlich hin, nicht wahr?«
Sissy und Eric schauten sich erst um und dann einander an.
»Joah ...«, antworteten sie zum wiederholten Male synchron.
Gustav Hansen unterdrückte ein Schmunzeln. Er drehte sich elegant halb um die eigene Achse und sagte im

Hinausgehen: »Na, ich wusste doch, dass das klappen wird ...«
Als er die Tür erreicht hatte, drehte er sich noch einmal um und deutete eine Verbeugung an.
»Meine Dame, mein Herr ... das CAS Hotel wünscht Ihnen einen angenehmen Aufenthalt.«
Sissy und Eric standen etwas verloren in der riesigen Suite.

»Wer wo?«, fragte Sissy.
»Nimm du ruhig das hier links mit dem Badezimmer. Ich komm dich dann
bei Bedarf besuchen. Okay?«
»Okay«, murmelte sie und schnappte sich ihren Koffer, um ihn auf das ausladende Bett zu werfen.
Eric trollte sich mit seiner Tasche nach nebenan und schloss leise die Verbindungstür.

Eine halbe Stunde später hörte Sissy ein Klopfen.
»Komm rein!«, brüllte sie, den Kopf in den Nacken gelegt, da sie sich im angrenzenden Bad befand.
Eric schlenderte durch die Suite und steckte dann vorsichtig seine Nase durch die Badezimmertür.
»Das ist ja hier auch eher eine Wellness-Oase als eine Nasszelle«, sagte er.
Der Raum war zirka dreißig Quadratmeter groß. Regendusche und Toilette befanden sich auf der rechten Seite gut versteckt hinter einer geschmackvollen Abtrennung aus Milchglas. An der Längsseite befand sich ein ausladender Waschtisch über dem ein mindestens zweiein-

halb Meter breiter Spiegel hing. Linker Hand war ein kreisrunder Whirlpool in den Boden eingelassen, in dem die fünfköpfige Familie wohl ebenso Platz gefunden hätte, wie in Sissys Schlafstätte.
»Und sonst fällt dir nichts auf?«
Sissy hatte sich vom Spiegel weg zu ihm umgedreht und eine Hand auf die abgeknickte Hüfte gelegt.
»Ähem, ja … sehr schick!«, war die verlegene Antwort.
»Na dann lass uns einen Happen essen gehen«, sagte Sissy aufgekratzt, da bemerkte sie das Laptop unter Erics Arm.
»Tut mir leid, daraus wird wohl nichts. Es gibt Arbeit.«
»Ich hab aber Hunger!«, nörgelte Sissy.
Wie zur Bestätigung gab ihr Magen ein sehr lautes, gluckerndes Geräusch von sich. Eric lachte und Sissy zeigte auf ihren Bauch.
»Siehst, ich meine hörst du? Und du weißt ja, wie ich werde, wenn ich in den Unterzucker komme …«
»Allerdings! Und das möchte ich nicht noch einmal miterleben«, sagte Eric, immer noch grinsend. »Wir lassen uns was bringen, was hältst du davon? Die haben hier, unter anderem, eine ganz hervorragende asiatische Küche.«
»Na gut«, maulte Sissy. »Ist wohl nicht zu ändern. Dabei hätte ich so gerne ein bisschen Nordluft geschnuppert.«
»Das holen wir irgendwann mal nach, versprochen!«, sagte Eric.
Die Art, wie er sie dabei ansah, ließ Sissys Knie weich werden. Hastig schlängelte sie sich aus dem Bade-

zimmer heraus an ihm vorbei und suchte auf dem Schreibtisch, der rechts an der Fensterfront stand, nach der Speisenkarte für den Roomservice.

»Was hast *du* denn vor?«, hörte sie Eric plötzlich hinter sich rufen.

Sie drehte sich schnell zu ihm um und folgte seinem Blick, den er erstaunt auf den mit Holz verkleideten kleinen Kühlschrank gerichtet hatte, der die Minibar beherbergte. Beziehungsweise beherbergte hatte. Denn nun stand der Inhalt auf dem Möbel, statt in ihm vor sich hin zu kühlen. Ein Sammelsurium aus kleinen Wodka- und Whiskey-Fläschchen, Säften – ebenfalls in Miniaturform – sowie ein paar Wasserflaschen und Schokoriegeln, tummelte sich außerhalb des eigentlichen Aufbewahrungsortes.

Sissy, die mittlerweile fündig geworden war, trat, die Roomservice-Karte in der Hand, neben die Minibar. Begleitet von einem triumphierenden »Tataaa!« öffnete sie das Türchen und zog eine hohe, längliche Flasche aus Braunglas heraus. Eric konnte sehen, dass sich in der Minibar ein weiteres, identisch aussehendes Exemplar befand, das in Schräglage war, weil es aufrecht-stehend nicht hineingepasst hätte.

»Weiß oder rot?«, fragte Sissy jetzt und schwang die Flasche hin und her.

»Der Rote ist noch im Koffer, der muss ja nicht kühl …«

»Du hast *drei Flaschen Wein* mitgeschleppt? Kein Wunder, dass dein Koffer eine halbe Tonne …«

»Viehier …«, fiel Sissy ihm jetzt ins Wort, »… zwei

weiß, zwei rot.«
»Na da lag ich ja gar nicht so falsch mit meiner Vermutung. Der Schwabe an sich kommt echt nicht gut klar, ohne seine angestammten Lebensmittel«, sagte Eric lachend.
»Hallo? Hast du schon jemals was vom guten Hamburger Wein gehört? Also ich nicht! Und außerdem sind die Minibarpreise ja bekanntermaßen nicht gerade günstig ...«
»Oh Mann!«, Eric lachte noch lauter. »Da sind ja gleich zwei Klischees auf einmal bedient.«
»Ja, ja ... das ist typisch! Über etwas lästern, obwohl man durchaus davon profitiert«, sagte Sissy spitz. Dann fügte sie theatralisch-seufzend hinzu: »Undank ist der Welten Lohn« und öffnete eine Schranktür. Sie deutete auf die nun sichtbaren Gläser und sagte gnädig: »Aber ich will mal nicht so sein ... also, was willst du? Traminer oder Dornfelder? Und bestell bitte endlich, sonst fange ich an, die Möbel anzuknabbern. Ich nehm die Singapore-Noodles.«

»Sag es! Na los – sag es!«
»Ja doch! Du bist die cleverste, tollste, beste und so weiter Kollegin, die man sich vorstellen kann ...«
Sissy nickte huldvoll und schenkte Eric nach.
Sie saßen nebeneinander an einer der Längsseiten des Konferenztisches in Erics Bereich der Suite. Die leeren Teller hatten sie zurück auf den Servierwagen gestellt, mit dem der junge Mann vom Roomservice das bestellte Essen gebracht hatte.

Nachdem Eric mit dem Restaurant im Erdgeschoss telefoniert hatte, um seine und Sissys Essenswünsche mitzuteilen, hatten sich beide, jeder mit einem Glas Wein bewaffnet, an den Tisch gesetzt. Sie blickten auf den Bildschirm des aufgeklappten Laptops, auf dem das Gesicht von Kai Diesner zu sehen war, mit dem sie über Internet verbunden waren.

»Na ihr beiden? Wie ist Hamburg? Hattet ihr schon euer Fischbrötchen?«, grinste er Sissy und Eric aus dem Computer entgegen.

»Hallo Kai«, sagte Sissy und winkte in die winzige Kamera des Laptops.

Eric sagte: »Moin, Kai. Ich hab deine Mail gelesen. Was hast du für uns?«

Kai Diesner nickte, wurde ernst und fing an zu berichten: »Es ist ein Zeuge aufgetaucht, der in der Nacht, als Jan-Philipp Paulsen gestorben ist, etwas beobachtet hat. Er war kurz nach Mitternacht mit seinem Hund unterwegs. Und zwar oberhalb des Fundortes der Leiche.«

»Wie bitte?«, fragte Sissy dazwischen. »Warum meldet der sich erst jetzt? Und was hatte er mitten in der Nacht da zu suchen?«

Kai Diesners Kopf ging für einen Moment nach unten. Vermutlich schaute er auf ein Stück Papier, das vor ihm lag, welches Sissy und Eric jedoch nicht sehen konnten. Dann war sein Gesicht wieder in voller Pracht auf dem Bildschirm.

»Herr Gengenbach ist da Patrouille gelaufen. Von dem Zeitpunkt an, ab dem die Trauben reif sind, bis zum

Ende der Weinlese, machen die Winzer, die dort anbauen das so – immer im Wechsel. Und zwar um Trauben-Klau zu verhindern ... davon habt ihr sicherlich gehört?!«
Eric nickte und Sissy sagte: »Ja, ich habe mal was darüber gelesen ... einfach unfassbar! Da kommen nachts irgendwelche Aasgeier und räumen ganze Hänge ab. Aber das mit dem Wacheschieben hätte Marla Haussmann uns ja eigentlich sagen können, beziehungsweise sogar *müssen*.«
»Na ja ...«, antwortete Kai Diesner, » ... wahrscheinlich hat sie es in der Aufregung einfach vergessen. Und was die späte Meldung von Herrn Gengenbach angeht ... normalerweise laufen die Herrschaften vier Mal pro Nacht durch die Weinberge. Immer zu unterschiedlichen Zeiten, damit ein potentieller Dieb keine Chance hat, herauszufinden, wann er erwischt werden könnte. Herr Gengenbach hat bei seinem zweiten Kontrollgang, wie gesagt, um kurz nach zwölf, diesen Mann verfolgt. Danach war er so aufgewühlt, dass für ihn, wie er sagte, die Nacht vorbei war. Normalerweise legen sich die Aufpasser nach den Kontrollen wieder hin. Es liegen ja immer zwei bis vier Stunden dazwischen. Die, die in Fellbach wohnen, fahren dazu sogar nach Hause, die anderen versuchen in ihren jeweiligen Autos ein bisschen zu dösen. Da für ihn nach seiner Beobachtung allerdings an Schlaf nicht mehr zu denken war, ist er für den Rest der Nacht vor Ort geblieben und immer wieder mit dem Auto die Wege abgefahren. Als er am Morgen die ersten Fahrzeuge seiner Kollegen hat kom-

men sehen, ist er zu sich gefahren, um zu schlafen. Er hat von der ganzen Sache erst heute erfahren. Deshalb die verzögerte Meldung.«

»Okay ...«, sagte Eric jetzt, »... schieß los – was hat er gesehen?«

»Also eigentlich hat sein Hund zuerst gemerkt, dass da etwas vor sich geht.

Er hat erst angefangen zu knurren und dann laut bellend an der Leine gezogen.«

»Wieso war der denn angeleint, mitten in der Nacht, in so einer einsamen Gegend?«, wollte Eric wissen.

Kai Diesner zuckte mit den Achseln in die Kamera.

Sissy schüttelte ihre Mähne.

»Also ihr zwei seid schon so richtige Stadtpflanzen, oder? Nachts ist da allerlei Getier unterwegs. Und wenn so ein Hund einen Fuchs oder ein Reh wittert, ist er weg. Dann bist du für ein paar Stunden damit beschäftigt, ihn wieder einzufangen. Ein riesiger Spaß, nachts, im dunklen Weinberg ...«

»Okay, okay, Frau Doktor oberschlau ...«

Sissy quittierte den frechen Kommentar von links nur mit einem knappen »Ph!«

»... sprich weiter, Kai!«, sagte Eric zum Laptop.

»Gut, wo war ich? Ach ja ... dieser Herr Gengenbach hat seinen Attila dann tatsächlich von der Leine gelassen, als ihm klar wurde, dass sich da eine männliche Gestalt herumtreibt. Er ist dem Hund hinterhergerannt. Als er um eine Kurve bog, konnte er sehen, wie der Mann in einen weißen Wagen sprang und davon fuhr. Er hat kurz vorher einen Schrei gehört. Sieht so aus, als hätte der vierbeinige Hunnenkönig den Flüchtenden erwischt ...«

»Ist das Hundegebiss kriminaltechnisch auf DNA untersucht worden?«, unterbrach Sissy Kai Diesner erneut. Ein verwundert dreinschauendes Paar Augen blickte ihr entgegen.

»Dein Ernst?«, fragte Kai Diesner jetzt zurück.

Sissy kicherte.

»Nein, Kai ... sorry. Das war ein Späßle. Attila hat ja wahrscheinlich schon mindestens fünf Portionen Schappi verdrückt, seitdem das passiert ist ... wir würden in seinen Zahnzwischenräumen vermutlich Dinge finden, da darf ich gar nicht drüber nachdenken. Ich hätte vielleicht keinen Wein trinken sollen, bevor das Essen kommt ...«

»Na euch geht' s ja gut ... Wein trinken, essen ... und was steht sonst noch auf dem Programm für heute?«

»Den Bericht von Edeltraut und Erwin lesen und dann ab ins Bett«, sagte Eric sachlich. »Aber erst wollen wir noch den Rest hören, bitte. Ich sorge auch dafür, dass dieses selten-lustige Wesen, das hier neben mir sitzt, dich nicht mehr unter ... AUA!«

»Was hat sie angestellt?«, fragte das Gesicht auf dem Bildschirm mit unverhohlener Neugier.

»Mich gekniffen. Aber das macht sie nicht nochmal!«, sagte Eric Jahn grimmig und mit schmerzverzerrter Miene. »Weiter im Text, Kai.«

Kai Diesner wedelte grinsend mit dem Zeigefinger: »Na na na, Kollegin. Das ist aber nicht nett ...«

»Ich hab halt Hunger«, maulte Sissy leise.

»… zurück zum Thema. Herr Gengenbach konnte das Kennzeichen des wegfahrenden Wagens leider nicht erkennen. Es war einfach zu dunkel. Er ist auch nicht wieder aufgetaucht in der Nacht. Die KTU ist nochmal an der Stelle gewesen, aber Reifenspuren konnten wir nicht mehr zuordnen. Ihr wisst ja, wie stark es seitdem geregnet hat … und eine konkrete Beschreibung des Mannes gibt es auch nicht. Groß und dünn, schwarz gekleidet, Kapuzenpulli. Immerhin war der Zeuge sich ganz sicher, dass der Flüchtende männlich und keine Frau war.«

»Und was ist mit dem Wagen?«, wollte Sissy nun wissen.

»Ein weißer, sogenannter Hochdachkombi, wie ihn Handwerker fahren. Ob er eventuell seitlich eine Firmenaufschrift hatte, konnte er nicht erkennen, weil er ihn nur von hinten gesehen hat.«

Sissy dämmerte langsam etwas.

»Sag mal … das bedeutet ja wohl, dass dieser Reben-Polizist die ganze Zeit in der Nähe von Jan-Philipp Paulsen war. Vielleicht hätte man ihm sogar noch helfen können! Vor allen Dingen hätte der Hund doch anschlagen müssen, oder?«

»Ja, darüber habe ich auch nachgedacht«, sagte Kai Diesner jetzt. »Und ich habe den Zeugen darauf angesprochen. Er wirkte ziemlich zerknirscht, als ihm klar wurde, dass er vielleicht ein Menschenleben hätte retten können. Aber er ist seinem Attila hinterher und der wiederum dem Wagen. Irgendwann war klar, dass sie ihn nicht einholen würden. Er ist dann zusammen mit

dem Hund zurück zu seinem eigenen Auto, das unterhalb der Weinberge stand. Aber er hat einen anderen Weg genommen. Wäre er einfach zurückgegangen ...«
Er musste den Satz nicht vollenden. Sissy und Eric hatten auch so verstanden.
»Danach ist er ja nur noch mit dem Auto herumgefahren. Da hatte der Hund wohl keine Chance, irgendetwas zu erschnüffeln. Und um den am Boden Liegenden zu sehen, hätte er in die Rebenreihen hineingehen müssen. Er ist aber nur die Wege abgefahren und hat zwischendrin ab und zu angehalten. Er ist auch noch zweimal kurz mit Attila aus dem Wagen. Aber das war an Stellen, die relativ weit weg waren, von Jan-Philipp Paulsen. Da riecht dann wohl selbst die sensibelste Hundenase nichts mehr, wenn die Distanz zu groß ist.«
Es klopfte diskret, aber dennoch gut hörbar, an die Tür der Suite.
»Einen Moment, bitte!«, rief Eric. Dann wandte er sich wieder an Kai Diesner: »Okay, Kai. Sonst noch was?«
»Nein. Das war es im Großen und Ganzen von mir. Die Suche nach dem Fahrzeug läuft ... aber von diesem Typ gibt es allein in Stuttgart Hunderte ... und Kennzeichen haben wir ja keins. Das Auto könnte also auch aus Waiblingen, Ludwigsburg ...«
»Schon in Ordnung. Es hilft alles nichts. Gute Arbeit, Kai. Und mach nicht mehr so lang, ja? Es ist schon spät. Morgen ist auch noch ein Tag«, fiel Sissy, der der Magen mittlerweile in den Kniekehlen hing, ihrem Kollegen sanft aber bestimmt ins Wort.
»Alles klar!«, kam es zurück. »Schönen Abend noch

für euch zwei und kommt gut wieder zurück nach Stuggi morgen. Tschühüss!«
»Machen wir. Ciao Kai«, sagte Eric und klappte das Laptop zu.
Sissy war bereits an der Tür und begrüßte überschwänglich den Zimmerkellner, der in diesem Moment ihr bester Freund war.

ENGEL

Sissy stellte die Flasche zurück auf den Konferenztisch. Dann nahm sie ihr Glas, wandte sich wieder auf die andere Seite und streckte ihren Arm aus. Eric lächelte und stieß mit ihr an. Sie sahen sich, während sie jeder einen Schluck tranken, in die Augen.
»Puh, was bin ich vollgefuttert ... aber lecker war' s!«, murmelte Sissy verlegen und heftete dabei ihren Blick auf den Servierwagen mit den leeren Tellern, die auf ihre Abholung warteten.
Eric stellte sein Glas ab.
»Jou!«
Für einen Moment herrschte absolute Ruhe.
Dann sagte er: »Und jetzt der Bericht von Doppel-ES?«
Sissy nickte nur wortlos den Tellern zu.
Eric stand auf, um das Laptop zu holen, das sie, nach dem Gespräch mit Kai Diesner, während des Essens, aus ihrer beider Blickfeld verbannt hatten. Er klappte es auf und klickte die entsprechende E-Mail an.

Bericht zur Befragung des Zeugen Jürgen Mack, Inhaber, verantwortlicher Chefredakteur und Herausgeber der Obdachlosen-Zeitschrift »Rand-Schicht«.
Durchgeführt von KHK Edeltraut Schwämmle und

KHK Erwin Schober.

Nachdem sie beide fast zeitgleich fertig waren mit Lesen, nahm Sissy die Hände vor Mund und Nase und schloss die Augen. Eric klappte sanft den tragbaren Computer zu und lehnte sich zurück.
Nach einer Weile des erneuten Schweigens stand Sissy auf und öffnete eines der Fenster. Sie ließen sich nur kippen und Sissy wusste auch, warum. Anna, die beruflich oft in Hotels untergebracht war, die sich in hohen Gebäuden befanden, hatte es ihr irgendwann einmal erzählt: »Ab der vierten Etage kannst du meistens die Fenster nicht mehr ganz aufmachen. Es hat zu viele Menschen gegeben, die sich ein Zimmer in einem der oberen Stockwerke gebucht, und sich dann das Leben genommen haben, indem sie runter gesprungen sind.«
Sissy zündete sich eine Zigarette an und blies den Rauch Richtung Fensteröffnung.
»Ich weiß nicht, wie es dir geht ...«, durchbrach sie dieses Mal als erste die Stille, »... aber nach allem, was wir bis jetzt erfahren haben, war dieser Mann eine Art Engel. Ich habe das vorhin im Dockland schon kurz gedacht. Nach diesem Bericht bin ich mir sicher. Stellt sich nur die Frage, wer so jemanden umbringt ... «
»Hmm«, brummte Eric abwesend. Dann stand er auf und begann im Zimmer auf und ab zu laufen. »Lass uns das nochmal zusammenfassen. Dass er tatsächlich auf dem Weg nach Italien war, wissen wir jetzt ...«
»Ja, weil er es diesem Jürgen Mack erzählt hat«, warf Sissy ein.

»Genau! Und er wollte die Distanz tatsächlich zu Fuß überwinden, um zu sich zu kommen, wie er selbst es ausgedrückt hatte. Der Bezug zu den Weinbergen ist dann auch klar – weil das Haus in der Toskana unterhalb eines Anbaugebietes liegt. Da er dort schon als Kind mit Begeisterung bei der Lese geholfen hat, und dies später auch zusammen mit seiner Frau und seinem Sohn, lässt einen verstehen, warum er da hin wollte und …«

»… warum er auch in Stuttgart immer wieder in den Weinbergen spazieren gegangen ist.«

»Richtig!«, sagte Eric und blieb für einen Augenblick stehen. Dann setzte er sich wieder in Gang.

»Und warum er so lange gebraucht hat, für seine Reise, wissen wir dank dieses Berichts nun ebenfalls. Dr. Paulsen hat schon auf seiner ersten Station – wo war das nochmal? Ach ja, in Lüneburg – bemerkt, wie schwierig es für Wohnungslose ist, ärztliche Hilfe in Anspruch zu nehmen und hat angefangen, in Apotheken und Krankenhäusern um Material zu bitten, um die auf der Straße-Lebenden medizinisch versorgen zu können.«

»Ich sag doch … der Mann war ein Engel!«, sagte Sissy. In ihrer Stimme lag eine Mischung aus Wut und Trauer. »Irgendwie hat sich meine Motivation, denjenigen zu schnappen, der diesen Mann auf dem Gewissen hat, seit kurzem schlagartig verdoppelt. Halte dir das mal vor Augen … stell dir bloß mal all die Orte vor! Er hat sich im Zickzackkurs nach Süden bewegt, statt einfach nur den direkten Weg zu nehmen. Er muss hunderten von Menschen geholfen haben, in fast allen größeren deutschen Städten, die zwischen Hamburg und Stuttgart liegen.«

Eric nickte nachdenklich.

»Und dann ist er in Stuttgart fast zeitgleich unserem Zeugen und diesem Jungen begegnet. Wie heißt der nochmal?«

»Thomas Kleiren. Ein hochgradig unter Drogen- und Alkoholsucht leidender Siebzehnjähriger. Laut Jürgen Mack hatte er große Ähnlichkeit mit Paulsens verstorbenem Sohn, weshalb man auch leicht sein extremes Engagement und die enorme Hingabe verstehen kann, mit der er sich um den jungen Mann gekümmert hat.«

»Er hat es ja auch nach über einem halben Jahr geschafft, ihn aus dem Sumpf zu ziehen.«

Sissy drückte ihre Zigarette aus und ging zurück zum Konferenztisch.

»Komm, lass uns wieder hinsetzen. Dein auf-und-ab-Getiger macht mich ganz kirre.«

Eric nahm neben ihr Platz, griff nach seinem Glas und trank einen Schluck.

»Und dieser Jürgen Mack hat Jan-Philipp Paulsen bei sich wohnen lassen …«, sagte er und lehnte sich nach hinten.

»Ja genau. In einem kleinen Zimmer hinter dem Redaktionsbüro.«

»Ja, ja … aber was ich daran nicht verstehe, ist, warum er diesem Jürgen Mack so vertraut hat. Dessen Aussage klang ja fast so, als wären sie Freunde gewesen.«

»Ja, das finde ich auch«, erwiderte Sissy. »Aber mich wundert das gar nicht. Immerhin engagiert sich dieser

Mann ja fast genauso aufopferungsvoll für Wohnungslose, wie es Dr. Paulsen getan hat. Riesige Gewinne macht er mit dieser Zeitung sicher nicht. Ich denke, dass es zum einen das war, was die beiden verbunden hat. Und dann noch dieser nahezu identische Schicksalsschlag … Mack hat ja auch seine Familie bei einem Unfall verloren, wie wir nun wissen. Wenn du so etwas durchleben musstest, hinterlässt das eine tiefe Narbe auf deiner Seele. Und du wirst danach immer auf Anhieb die Menschen erkennen, die Ähnliches erlebt haben. Und zwar sofort – ohne dass die Ereignisse thematisiert werden. Das schafft von der ersten Begegnung an eine Nähe, die den Betroffenen das Gefühl vermittelt, als würden sie sich schon ewig kennen.«

Sissy hatte während ihrer letzten Sätze ihren Blick schweifen lassen. Deshalb bemerkte sie erst als sie endete, dass Eric sie intensiv beobachtete.

Sie spürte die Frage kommen, bevor er sie gestellt hatte.

»Das klingt fast so, als ob du ganz genau wüsstest, wovon du da …«

Sissys Augen füllten sich mit Tränen. Und, so sehr sie es auch versuchte, sie konnte nichts dagegen tun. Sie flüsterte: »Eric … bitte nicht« und wollte aufstehen. Aber er packte geschickt ihren Arm und hielt sie fest.

»Nix da, Fräulein …«

Sissy musste plötzlich lachen, während der erste salzhaltige Wassertropfen aus ihrem rechten Auge entwischte.

»Jetzt klingst du wie der Chef!«, versuchte sie mit einem Scherz die Stimmung zu verändern.

Doch Eric ließ sich nicht so leicht ablenken. Mit einem

kräftigen Ruck drehte er ihren Stuhl zu sich und nahm sie ohne ein weiteres Wort in seine Arme.

HOHER BESUCH

Als Sissy die Augen aufschlug, musste sie sich einen Moment lang orientieren. Es war dunkel und sie hörte ein ohrenbetäubendes Geräusch, von dem sie auch geweckt worden war. Sie spürte Erics warmen Körper neben sich und schob sanft seinen Arm von ihrer Hüfte.
Männer und Kinder, dachte sie. Wenn sie schlafen, kann ein Zug durchs Zimmer donnern und sie hören es nicht.
Sie kletterte aus dem Bett und tapste in Richtung der einzigen Lichtquelle im Raum. Durch einen kleinen Spalt zwischen den blickdichten Vorhängen, zwang sich ein wenig Hamburger Sonnenschein.
Mit beiden Händen zog sie die schweren Gardinen auseinander und erstarrte.
Ein riesiger Helikopter stand direkt vor dem Fenster, mit nur wenigen Metern Distanz zur Fassade, in der Luft.
Sie konnte die grinsenden Gesichter der beiden Piloten deutlich erkennen. Einer winkte ihr zu, der andere hob die rechte Hand. Sein Daumen und der Zeigefinger berührten sich, die anderen drei waren nach oben gestreckt. Wie bei dem bekannten Zeichen für »Alles okay!«, das Taucher unter Wasser verwendeten. Dann drehte der Hubschrauber ab und flog knatternd davon.

Sissy, die immer noch, starr vor Schreck, reglos am Fenster stand, hörte plötzlich ein leises Lachen hinter sich.
Sie ließ langsam die Vorhänge, in die sich ihre Hände regelrecht verkrampft hatten, los und drehte sich um.
Eric lag auf dem Bauch, den Kopf auf die Hände seiner angewinkelten Arme gestützt.
»Na? Hatten wir Besuch vom SAR? Gustav hatte mich vorgewarnt. Die Jungs haben sich bestimmt mächtig gefreut, dich zu sehen ... so ...«
Erst jetzt wurde Sissy klar, dass sie vollkommen nackt war.

Als sie sich im Fahrstuhl auf dem Weg nach unten befanden, um auszuchecken, schüttelte Sissy zum wiederholten Mal den Kopf.
»Ich komm da echt nicht drüber! Die Herrschaften von der Rettungsflugwacht machen hier also immer ihre Übungsflüge und wenn die Vorhänge zu sind wissen sie, die Suite ist bewohnt und spielen ...«
»... Gäste erschrecken. Genau! Hat ja auch super funktioniert bei dir«, sagte Eric grinsend.
»Die spinnen doch!«, schnaubte Sissy. »Ich hätte fast einen Herzkasper gekriegt. Da hätten sie dann gleich was zu tun bekommen – und zwar etwas *Sinnvolles*.«
Eric nahm sanft ihr Kinn in seine Hand.
»Aber ein bisschen lustig war das Ganze schon, oder?!«, sagte er und lachte dann: »Du hättest dein Gesicht sehen sollen ...«
Sissy versuchte ihre Mundwinkel unter Kontolle zu

bringen, schaffte es jedoch nicht.
Als der Aufzug in der Lobby angekommen war, entstiegen ihm zwei Kriminalhauptkommissare, die vor sich hinkicherten, wie Teenager.

JPP

»Glaubst du, sie kommt noch? Es ist schon viertel nach.«
Sissy, die neben Eric am Tresen der Information des Hamburger Flughafens stand, sah sich suchend um.
»Die kommt schon, wart' s ab.«
Sie sahen sich kurz in die Augen, stellten jedoch blitzschnell fest, dass sich zwischen ihnen seit der vergangenen Nacht einiges verändert hatte. Um nicht zu sagen, alles.
Eric schaute nach oben.
»Also irgendwie erinnert mich dieser Flughafen an den in Stuttgart ...«
»Kein Wunder«, antwortete Sissy, deren Blick jetzt wieder über die umherwuselnden Passagiere wanderte, »ist ja auch vom selben Architekten.«
»Ach was?«, murmelte Eric, wechselte das Standbein und stopfte seine Hände in die Hosentaschen.
Plötzlich entdeckte Sissy sie. Eine zierliche Frau im schwarzen Kostüm steuerte direkt auf den Schalter und die Kommissare zu. Ihr Haar war bedeckt mit einem Seidenkopftuch, wie distinguierte Damen es beim Cabriofahren zu tragen pflegten. Ihr Gesicht zierte eine tiefschwarze Sonnenbrille. In der rechten Hand hielt sie den Griff eines winzigen, farblich zum Outfit passenden

Rollenkoffers.

Sieht ein bisschen aus wie Audrey Hepburn, dachte Sissy, als Jara Mason vor ihr stand und die Sonnenbrille abgenommen hatte.

Sie begrüßten sich. Eric und Sissy bekundeten ihr Beileid.

»Danke«, sagte Jara Mason nur. Die Anspannung war ihr fast nicht anzumerken. Aber unter dem geschickt und üppig aufgetragenen Make-up konnte Sissy dunkle Schatten um die Augen erkennen.

»Dass der Flieger nach Frankfurt eine Stunde Verspätung hat, wissen Sie vermutlich?«, fragte Eric nun.

»Ja«, antwortete sie. »Die Fluggesellschaft informiert mich diesbezüglich immer mittels einer Nachricht, die mir auf mein Mobiltelefon geschickt wird. Wollen wir trotzdem schon durch die Sicherheitskontrolle gehen? In der Business-Lounge können wir uns in Ruhe unterhalten.«

»Das wird nicht gehen«, sagte Sissy. »Wir haben nur Economy-Class-Tickets …«

»Das ist kein Problem«, erwiderte Jara Mason. »Ich habe den höchsten Vielflieger-Status. Ich kann sie mit hinein nehmen. Ein paar kleine Vorteile hat man durchaus, wenn man so viel in der Weltgeschichte herumreist, wie ich … es getan habe. Das wird sich ja ab jetzt ändern.«

Nun waren ihr die Erschöpfung und die Trauer deutlicher anzusehen, als bei der Begrüßung.

Aber sie bewahrte immer noch Fassung und Haltung.

Als die drei etwas abseits in der Lounge, direkt an der Scheibe, durch die man einen großen Bereich des Vorfeldes sehen konnte, Platz genommen hatten, sagte Eric: »Was ist denn mit Ihrem Anschlussflug? Werden Sie den noch erreichen können? Also wir werden unseren verpassen. Deshalb fahren wir, von Frankfurt aus, mit dem Zug zurück nach Stuttgart. Ansonsten müssten wir vier Stunden auf den nächsten Flieger warten.«
Jara Mason entwickelte ihren Kopf und steckte das Tuch in ihre Handtasche.
»Das tut mir leid für Sie. Diese Verspätungen sind ein echtes Ärgernis. Aber wie gesagt, ich bin sehr erfahren auf dem Gebiet. Ich habe mich ein einziges Mal auf eine knappe Umsteigezeit eingelassen. Die Konsequenz war, dass ich den anschließenden Langstreckenflug verpasst habe und eine Nacht in Frankfurt bleiben musste. Seitdem buche ich immer mindestens zwei Maschinen früher, als eigentlich nötig. Und das hat sich mehr als einmal bewährt.«
Schön, schlau und reich. Fast könnte man neidisch werden … wenn da nicht diese Umstände wären. Ich würde nicht mit ihr tauschen wollen, dachte Sissy.
Eine junge Frau, die fast dieselbe Uniform trug, wie das fliegende Personal der Airline, stand plötzlich am Tisch.
»Frau Mason, möchten Sie und Ihre Gäste etwas trinken?«
Jara Mason lächelte professionell zurück und bestellte einen Kaffee und ein stilles Wasser. Sissy und Eric taten es ihr nach.

Als die Getränke kurze Zeit später auf dem Tisch standen, sagte Sissy: »Frau Mason, ich möchte es Ihnen ganz offen sagen ... wir haben nicht den geringsten Anhaltspunkt, wer für den Tod Ihres Bruders verantwortlich sein könnte ...«

Jara Mason hatte einem Flugzeug dabei zugesehen, wie es in seine Parkposition gerollt war. Jetzt wandte sie sich Sissy zu. Der Ausdruck, der in ihren dunklen Augen lag, war so voller Schmerz, dass Sissy am liebsten ihre Hand genommen hätte. Aber sie unterdrückte diesen Impuls und versuchte in einem einigermaßen neutralen Ton, weiterzusprechen.

»... und vor allem können wir auch nicht den geringsten Grund erkennen, warum jemand das getan hat. Nach allem, was wir gestern erfahren haben, ist diese Tat sogar noch unverständlicher geworden ...«

Der Blick von Jara Mason veränderte sich und ließ nun, zusätzlich zu Trauer und Müdigkeit, Verwunderung erkennen.

»Was meinen Sie mit *noch* unverständlicher?«

Sissy war verwirrt. Eric schien es bemerkt zu haben und sprang ein.

»Nun ja, nach allem, was wir von Jens Winterbach erfahren haben, war ihr Bruder ja sehr sozial eingestellt und hat sich in außergewöhnlich hohem Maß für seine Mitmenschen eingesetzt ... vor dem tragischen Unfall als Arzt im UKE und später, als er sein gesamtes Vermögen gespendet hat. Nicht zu vergessen, sein Engagement für Obdachlose in den letzten Jahren ...«

Jara Masons Lippen öffneten sich geräuschlos. Die

Überraschung war ihr jetzt deutlich anzusehen.
Sie weiß es nicht, dachte Sissy plötzlich. Natürlich nicht! Woher auch? Diese Information haben wir von Jürgen Mack. Und ihr Bruder hat es ihr gegenüber in den Telefonaten offenbar nicht erwähnt …
Die Bestätigung für diese Gedanken kam prompt.
»Er hat … was getan?«
Nun war es Eric, der überrascht wirkte.
Sissy sagte: »Ihr Bruder hat auf seiner Wanderschaft Richtung Toskana hunderte Wohnungslose medizinisch versorgt. In Stuttgart hat er die letzten Monate unter anderem damit verbracht, einen jungen Mann von seiner Drogen- und Alkoholsucht zu befreien.«
Jara Masons nun folgende Reaktion verblüffte sowohl Sissy als auch Eric.
Trotz der immer noch erkennbaren Trauer, strahlte sie über das ganze Gesicht.
»Das sieht ihm ähnlich! Ich danke Ihnen von ganzem Herzen, für diese Information. Das bedeutet mir so unendlich viel. Dass er sich wieder gefangen hatte … seine ursprüngliche Bestimmung zu ihm zurückgekehrt war … das ist wie ein Schatz, den ich für den Rest meines Lebens in mir bewahren kann – und werde!«
Dass Jara Mason, trotz der tragischen Ereignisse,
erleichtert war, machten ihre nun folgenden Worte deutlich.
»Ich habe mir in den letzten Jahren immer und immer wieder die Frage gestellt, ob Janni aufgegeben hat. Ob er vom Schmerz überwältigt worden ist und einfach nicht mehr auf die Beine kommen konnte … ich hätte

es zwar verstanden, nach all dem ... und ich war ja auch in der schweren Zeit nicht für ihn da ...«

Sissy dachte an die mahnenden Worte des Hamburger Detektivs: »... sie macht sich deshalb große Vorwürfe ...« und verstand augenblicklich, was dieser damit gemeint hatte. Vor ihr saß eine Frau, die sich die Schuld am Tod ihres geliebten Bruders gab, weil sie nicht in seiner Nähe gewesen war, als dieser, vom Schicksal schwer gezeichnet, den Halt verloren hatte.

»... es war einfach unmöglich. Die Kinder, die Firma, Australien ...«

Nun war der Gesichtsausdruck von Jara Mason wieder entsprechend. Die kurzfristige Euphorie war erneut und unübersehbar der tiefen Trauer gewichen, die in dieser so stark wirkenden Person steckte, wie ein langer spitzer Stachel.

Sissy, die, aufgrund der Ereignisse der vergangenen Nacht, selbst mit einem inneren Gefühlsvulkan zu kämpfen hatte, startete ein Ablenkungsmanöver.

»Janni? So nannten Sie Ihren Bruder?«

Es klappte.

»Ja«, sagte Jara Mason lächelnd, »Janni und Flipp ... so hat uns unsere Kinderfrau immer genannt. Sie hat uns praktisch großgezogen. Unsere Eltern waren ja so gut wie nie da ...«

»Janni, von Jan abgeleitet, verstehe ich. Aber warum wurde aus Jara Flipp?«, fragte Sissy neugierig dazwischen.

»Ach so, ja ... das wissen Sie nicht. Mein vollständiger Vorname ist Jara-Philippa. Bei unseren Eltern musste immer alles akkurat sein. Bis hin zu denselben Initialen der Namen. Vater war *JPP* und Janni und ich ebenfalls. Mich wundert bis heute, dass Mutter sich keinen neuen Vornamen zugelegt hat. Oder dass beide scheinbar nicht bedacht hatten, dass ich irgendwann einmal heiraten, und den Namen meines Mannes annehmen könnte.«

Jetzt lagen unüberhörbar Abneigung und Bitterkeit in ihrem Tonfall.

»Wir konnten uns auch nur so ansprechen, also mit Janni und Flipp, wenn Vater und Mutter nicht in der Nähe waren. Aber das war, wie gesagt, sowieso fast immer der Fall.«

Sie trank einen Schluck Wasser, ehe sie fortfuhr.

»Clara, so hieß unsere Kinderfrau, hat uns zu den Menschen gemacht, die wir heute sind … «, sie schluckte, »… und waren. Sie hat uns zum Beispiel gelehrt, andere und anders denkende Menschen zu respektieren und dass nichts im Leben selbstverständlich ist.« Jetzt war ihre Stimme weich und hatte einen warmen Klang. »Sie war eine wundervolle Frau. Mit ihr wurde es niemals langweilig. Wir haben auch allerlei Unsinn mit ihr zusammen angestellt. Das Wichtigste aber war, sowohl für Janni als auch für mich, die bedingungslose Liebe, die sie uns entgegenbrachte.«

Der Tonfall von Jara Mason veränderte sich erneut.

»In Gegenwart meiner Eltern, besonders der meiner Mutter, war mir immer irgendwie kalt. Und ich weiß, dass es Janni genauso ging. Aber für ihn waren unsere Kindheit und das Aufwachsen ungleich schlimmer. Er war ja älter und außerdem der Stammhalter. Deshalb lag der Fokus voll und ganz auf ihm. Er sollte natürlich die Firma übernehmen und Sie können sich gar nicht vorstellen, was sich damals bei uns im Haus abgespielt hat, als er verkündete, Medizin studieren zu wollen.«

Versteh ich nicht, dachte Sissy bei sich. Gut, wenn ein Kind den Eltern eröffnet, dass es Superstar oder Drogendealer werden möchte, kann ich nachvollziehen, dass da bei Mama und Papa keine Begeisterung aufkommt. Aber Arzt ist doch ein sinnvoller, angesehener Beruf.

Sie äußerte ihren Gedanken in etwas abgewandelter, verkürzter Form laut.

»Sie haben natürlich recht. Aber das interessierte meine Eltern nicht im Geringsten. Es ging um die Firma. Deren Fortbestehen und die Nachfolge mussten gesichert sein. Das hatte immer oberste Priorität. Ich denke manchmal, das war überhaupt der einzige Grund für Jannis und meine Existenz.«

Jetzt konnte man die Verbitterung für einen kurzen Moment sogar sehen. Zwischen Jara Masons feingeschwungenen Augenbrauen hatte sich eine steile Falte gebildet und ihre Mundwinkel zeigten abwärts.

»Aber ihr Bruder hat sich offensichtlich nicht von seinem Berufswunsch abbringen lassen«, sagte Eric jetzt.

Ein liebevoller Ausdruck kehrte zurück auf Jara Masons Gesicht.

»Janni? Oh nein! Er wollte schon als kleiner Junge Arzt werden. Damals haben ihn unsere Eltern nur nicht ernst genommen. Das hat sich dann mit einem Schlag

geändert. Und er hat es durchgezogen. Er hat schon während seines Zivildienstes mit dem Studium begonnen. Er hat alles selbst finanziert. Ab da war eine Beziehung zwischen ihm und unseren Eltern quasi nicht mehr existent. Ich habe die Rolle übernommen, für die er vorgesehen war. Ich weiß heute, dass ich das nur wegen Janni gemacht habe. Belastet hat ihn das schlechte Verhältnis nämlich durchaus. Eltern sind und bleiben Eltern. Auch wenn sie vielleicht keinen *guten Job* gemacht haben. Ich hatte irgendwie die Hoffnung, dass sich die Wogen wieder glätten würden, wenn ich an seiner Stelle die entsprechenden Erwartungen erfülle. Aber das ist leider nie passiert. Und ich habe es nach einigen Jahren nicht mehr ausgehalten in der Reederei. Unsere Eltern konnten nicht loslassen und ich konnte ihnen einfach nichts recht machen. Zum Glück habe ich kurze Zeit später meinen Mann kennengelernt. Es ist mir schon damals nicht leicht gefallen, so weit weg von meinem Bruder zu sein. Aber er war da bereits mit seiner Charlotte verheiratet und sie hatten ihren kleinen Julian. Die drei waren so glücklich, da war das mit dem Auswandern etwas einfacher für mich. Seltsamerweise haben meine Eltern mir diesen Schritt nicht so übel genommen, wie Janni seine Berufswahl.«
Sie nahm erneut einen Schluck Wasser und sah gedankenverloren einem Flugzeug hinterher, das zur Startbahn rollte.
»Frau Mason«, holte Eric sie zurück in die Gegenwart, »können Sie uns irgendeinen Hinweis geben? Hatte ihr Bruder, trotz allem, irgendwelche Feinde? Wer könnte

einen Grund gehabt haben ...«
»Nein, nein und nochmals nein! Ich habe nicht die geringste Ahnung«, unterbrach sie ihn leise aber mit Nachdruck.
Sissy wartete einen kurzen Moment, dann fasste sie nach.
»Ist in den letzten Wochen oder Monaten irgendetwas Ungewöhnliches passiert, in Zusammenhang mit Ihrem Bruder oder Ihren Eltern, beziehungsweise Ihrer Firma? Hat Ihr Bruder in einem der Telefonate, die er mit Ihnen geführt hat, etwas erwähnt, dass Ihnen sonderbar vorkam? Eine Begegnung oder ein Ereignis? Denken Sie bitte nach! Jede Kleinigkeit kann wichtig sein.«
»Nein, ich sagte doch ...«
Jara Mason verstummte plötzlich.
Sissy hielt den Atem an. Sie kannte Situationen, wie diese nur zu gut.
Und sie wusste, dass sie den richtigen Knopf gedrückt hatte.
Jara Mason zögerte.
Sissy und Eric ließen ihr Zeit. Für ein paar Sekunden waren nur die Geräusche zu hören, die die anderen, in der Lounge anwesenden Passagiere, verursachten. Es wurde auf Tatstaturen von Laptops eingehackt, leise telefoniert oder sich diskret unterhalten.
Dann holte Jara Mason Luft und fing an, zu sprechen.
»Eine Sache ist tatsächlich passiert. Ich hätte das nicht unbedingt mit meinem Bruder in Zusammenhang gebracht, aber ...«
Sie zögerte erneut, doch dann gab sie sich einen Ruck.

»Als Mutter so schwer krank wurde und ich daraufhin zurück nach Hamburg kam, sprach ich sie auf etwas an, über das man viele Jahre mit ihr überhaupt nicht reden konnte – Vaters Erfindung. Wissen Sie, mein Vater war kein liebevoller oder fürsorglicher Mensch. Aber er war überdurchschnittlich intelligent. Er hatte in den Jahren vor seinem Tod ein Bauteil für Schiffsmotoren entwickelt, mittels dessen der Treibstoffverbrauch eines großen Seeschiffes halbiert werden könnte. Er hatte dieses Teil nicht nur entwickelt und selbst einen Prototypen hergestellt, sondern das Ganze auch patentieren lassen. Kurz danach ist er gestorben.«

»Aber warum haben Ihre Mutter oder Sie nach dem Tod Ihres Vaters nicht dafür gesorgt, dass dieses Teil in Serie ging? Das müssen doch Unsummen sein, die Ihnen das eingebracht hätte«, sagte Eric verständnislos.

»Ja, Sie haben absolut recht. Und zwar nicht nur wegen der dadurch zu erwartenden Einsparungen im Transportwesen. Vor allem der Umweltschutzaspekt wurde ja in den letzten Jahren zunehmend evident. In der Branche wird seit einiger Zeit gemunkelt, dass die EU plant, die großen Frachter, die nicht wie die kleineren Seeschiffe mit dem weniger umweltschädlichen aber teureren Marinediesel laufen, mit Strafzahlungen zu belegen. Was das für die gesamte europäische Schifffahrt bedeuten würde, muss ich wohl nicht näher erläutern … ?!«

»Nein, natürlich nicht«, sagte Eric, »aber dann ist es mir ein umso größeres Rätsel, warum weder Sie noch Ihre Mutter versucht haben, dieses Bauteil auf den Markt zu bringen.«

Jara Mason seufzte leise, bevor sie antwortete.

»Das kann ich Ihnen erklären. Die Unterlagen und der Prototyp befanden sich im Safe, in Vaters privatem Büro, bei uns in der Villa. Er war der einzige, der die Zahlenkombination kannte. Sie war allerdings im Testament vermerkt. Nach seinem Tod ist meine Mutter natürlich sofort an den Safe gegangen. Ich war damals im Haus, in einem anderen Raum. Als sie aus dem Büro kam, war sie leichenblass und taumelte. Ich dachte, sie würde ohnmächtig.«

Sissy hatte sich während Jara Mason sprach, langsam immer weiter nach vorne gebeugt, sodass sie nun um ein Haar das Gleichgewicht verlor. Glücklicherweise konnte sie sich im letzten Moment abfangen.

»Ich fragte sie natürlich, was passiert ist. Aber ich bekam keine Antwort. Dass es wohl der Inhalt des Tresors war, der sie in eine solche Verfassung gebracht haben musste, vermutete ich damals schon. Seit ein paar Tagen weiß ich es sicher ... seit ich ihr Testament gelesen habe. Aber ich greife vor. Nachdem meine Mutter dieses eine Mal am Tresor war, durfte man sie nicht mehr auf das Thema ansprechen. Ich habe es mehr als einmal versucht, glauben Sie mir. Aber ich lief jedes Mal gegen eine Wand aus Ablehnung und Schweigen.«

»Und seit dem Tod Ihrer Mutter kennen Sie die Zahlenkombination ebenfalls und haben jetzt kürzlich den Safe geöffnet?«, fragte Sissy gespannt.

»Ja und Nein«, antwortete Jara Mason. »Den Code kannten wir alle drei, Janni, Mutter und ich, bereits seit

Vaters Tod. Trotzdem bin ich nie an den Safe gegangen, solange Mutter noch lebte. Sie wollte es nicht. Und ich weiß jetzt auch, warum. Es befanden sich einige Wertgegenstände darin sowie Unterlagen und Urkunden. Außerdem lagen, im unteren Fach, ein paar sorgsam verschnürte Bündel mit Briefen. Es waren viele ... sehr, sehr viele!«

Sissy traute sich fast nicht, sich zu bewegen und sie merkte, dass Eric ebenfalls hochkonzentriert war.

Jara Mason nippte an ihrem Wasser und schüttelte leicht den Kopf, als sie weitersprach.

»Es waren Liebesbriefe. Von einer mir unbekannten Frau. Ich habe ein paar davon gelesen. Diese Briefe sind so voller Zärtlichkeit und Leidenschaft ... wissen Sie, ich kann einfach nicht verstehen, wie ein Mann, der so unterkühlt und diszipliniert war wie mein Vater, in einem anderen Menschen solche Gefühle auslösen konnte. Was ich allerdings jetzt sehr gut verstehen kann, ist das Verhalten meiner Mutter, nachdem sie auf diese Briefe gestoßen war. Sie hat unmittelbar danach damit begonnen sich langsam aber stetig aus der Firma zurückzuziehen. Sie hat nach einiger Zeit zunächst einen, und zwei Jahre später einen weiteren Geschäftsführer eingestellt. Sie hatte zwar immer noch das Sagen, aber sie zog sich mehr und mehr zurück. Sie war oft in unserem Haus auf Sylt. In ihrem Testament schreibt sie, dass der Verrat meines Vaters ihrem Leben den Sinn geraubt hätte. Was sie damit gemeint hat, verstand ich erst, als ich die Briefe gefunden hatte.«

Eric richtete sich ein wenig auf und sagte vorsichtig:

»Das ist natürlich sehr interessant, ähem, ich meine traurig, Frau Mason. Aber ich verstehe nicht so ganz, wie all das mit dem Tod ihres Bruders in Zusammenhang stehen könnte ... «
Jara Mason straffte ebenfalls leicht ihren Oberkörper.
»Ja, bitte verzeihen Sie. Sie haben recht. Ich bin abgeschweift. Ich wollte eigentlich nicht auf den Inhalt des Tresors zu sprechen kommen, sondern darauf, was fehlte, als ich ihn geöffnet habe. Das Patent, der Prototyp und alle dazugehörigen Unterlagen ...«
»Alles weg?«, fragte Sissy etwas unelegant verkürzt.
»Ja. Alles weg. Verschwunden!«, antwortete Jara Mason in ähnlicher Manier.
»Aber zu welchem Zeitpunkt, das können Sie vermutlich nicht sagen ... ?«, fragte Eric.
»Nein. Leider nicht.«
Sissy kam plötzlich ein Gedanke.
»Könnte es eventuell sein, dass Ihre Mutter das Bauteil samt Patent und Unterlagen hat verschwinden lassen, um sich für den Betrug ihres Mannes zu rächen?«
»Das wäre eine Möglichkeit, ja. Aber das schließe ich aus.«
Sissy und Eric tauschten einen verwunderten Blick, doch Jara Mason sprach bereits weiter: »Gerächt hatte sie sich, das stimmt. Und so steht es auch in ihrem letzten Willen. Die Tatsache, dass sie das Patent unter Verschluss gehalten hat, war ihre Art der Rache. Und zwar im doppelten Sinne. Erstens hat sie damit verhindert, dass die Reederei Marktführer wurde, was zu Lebzeiten immer das erklärte Ziel meines Vaters war. Und außer-

dem hat sie dadurch erreicht, dass Vater nicht gewürdigt wurde, für seine geniale Erfindung. Auch wenn dies posthum geschehen wäre. Es steht allerdings auch in Mutters Testament, dass wir, also Janni und ich, damit tun könnten, was wir wollten. Das heißt für mich ...«

»... dass Ihre Mutter davon ausging, dass alles noch vorhanden, beziehungsweise an seinem Platz im Tresor war«, vollendete Eric den Satz.

»So ist es!«, sagte Jara Mason.

»Und Sie haben wirklich überall gesucht? Vielleicht hat ihre Mutter die Unterlagen nur woanders deponiert? In einem Bankschließfach zum Beispiel ... ?«, hakte Sissy nach.

»Ja, ich meine nein. Mutter hat erstens explizit den Safe erwähnt, als Aufbewahrungsort. Und ja – ich habe auch überall da gesucht, wo das Patent noch hätte sein können. Nichts ...«

»Das heißt, Sie vermuten, dass Ihr Bruder im Besitz der Erfindung war?«, fragte Eric.

Jara Mason zögerte einen Moment, bevor sie antwortete.

»Eigentlich kann ich es mir fast nicht vorstellen. Sie wissen ja, dass er alles, was er jemals besessen hat, gespendet oder verschenkt hatte, bevor er verschwunden ist. Und an der Reederei war er noch nie besonders interessiert. Aber ich wüsste nicht, wer sonst ... Janni, Mutter und ich waren die einzigen, denen die Zahlenkombination bekannt war, seit Vaters Tod. Und dann ist da noch etwas ...«

Ein älterer Mann im grauen Anzug stand plötzlich ne-

ben dem Tisch.
»Frau Mason? Ich würde Sie jetzt zu Ihrem Flug bringen, wenn Sie erlauben … ?«
»Ach, das ist sehr nett, aber ich verzichte heute auf das Preboarding. Fangen Sie ruhig schon an mit dem Einsteigen. Ich gehe gemeinsam mit meinen Begleitern hier an Bord.«
»Sehr gerne, Frau Mason. Ich wünsche den Herrschaften einen angenehmen Flug.«
Der Mann in Grau deutete eine Verbeugung an und verschwand.
Jara Mason erhob sich elegant aus dem Sessel.
»Sie entschuldigen mich einen Moment?«
»Ja, natürlich!«, kam es zum x-ten Mal im Chor aus den Mündern von Sissy und Eric.
Jara Mason lächelte und verschwand Richtung Toilette.
Das ist doch nicht normal, diese Übereinstimmung. Sicher, wir arbeiten schon sehr lange zusammen und sind uns auch anderweitig irgendwie nah, dachte Sissy, da wurde sie in die Seite geknufft.
»Was, bitteschön, ist ein *Preboarding*, Frau Flugexpertin?«, fragte Eric neugierig-frech.
»Ah … immer diese ahnungslosen Laien - schrecklich!«, zog Sissy ihn auf.
In großmütterlich-gnädigem Tonfall erklärte sie: »Die Reichen und Schönen dürfen vor allen anderen in den Flieger. So können sie es sich in aller Ruhe bequem machen, ihren Krempel verstauen und müssen sich nicht im Pulk mit der restlichen fussvölkischen Karawane den Gang zum Sitzplatz teilen.«

»Oha! Nobel, nobel! Und dieses Privileg lässt sich die gnädige Frau entgehen? Nur wegen uns? Ich fühle mich gebauchpinselt.«
Nach wenigen Minuten war Jara Mason zurückgekehrt. Sie blieb neben dem Tisch stehen.
»Wollen wir dann an Bord gehen?«, fragte sie.
»Einen Moment«, sagte Eric und bedeutete ihr, nochmal ihren Platz einzunehmen. »Sie waren gerade dabei, noch etwas zu sagen, als der freundliche Herr uns unterbrochen hat ...«
Sie setzte sich.
»Ah, natürlich. Entschuldigen Sie bitte! Ich bin gedanklich schon bei meiner Familie in Australien. Außerdem möchte ich so schnell wie möglich abreisen, das alles ... hinter mir lassen.«
Versteh ich gut, dachte Sissy, während Eric väterlich-verständnisvoll mit dem Kopf nickte.
»In einem der ersten Telefonate, die ich mit meinem Bruder nach seinem Weggang geführt habe, hatte ich ihn gefragt, wie er zurechtkommt. Ob er etwas braucht, Geld zum Beispiel oder anderweitige Unterstützung. Er verneinte und versuchte, mich zu beruhigen. Und dann sagte er noch, er hätte etwas sehr Wertvolles bei sich. Ich habe nicht weiter nachgehakt. Wie bereits erwähnt, kann ich mir eigentlich nicht vorstellen, dass er das Patent an sich genommen hat. Ich kann es allerdings auch nicht ausschließen ...«

Im Flugzeug verabschiedeten Sissy und Eric sich von Jara Mason, die ihren Sitzplatz in der ersten Reihe

hatte.
»Alles Gute für Sie und Ihre Familie!«, sagte Sissy.
Eric schüttelte ihr die Hand und sagte nur: »Auf Wiedersehen, Frau Mason.«
Jara Mason zögerte einen Moment. Dann lächelte sie traurig. »Ich weiß nicht so recht ... was soll ich sagen? *Viel Erfolg* klingt irgendwie seltsam in diesem Zusammenhang. Nun ja, ich wünsche mir und Ihnen, dass Sie den finden, der Janni das angetan hat. Auch wenn ihn das nicht wieder lebendig macht. Leben Sie wohl.«

Sissy und Eric saßen in der vorletzten Reihe, in der Nähe der hinteren Bordküche. Als sie sich gesetzt hatten, sagte Eric: »Wir müssen ihre Finanzen überprüfen. Wenn es mit denen nämlich nicht zum Besten steht, und Jan-Philipp Paulsen tatsächlich im Besitz dieser Erfindung war, hat sie ein eindeutiges Motiv für den Mord an ihrem Bruder.«
Sissy schaute ihn mit großen Augen von der Seite an.
»Eric, also ganz ehrlich ... manchmal bist du mir ein völliges Rätsel. Wie kommst du denn auf so eine abwegige Idee? Dieses zierliche Persönchen soll ihren Bruder, an dem sie noch dazu ganz offensichtlich über die Maßen hing, umgebracht haben? Außerdem ... hast du die ganzen Besitztümer vergessen? Die Reederei, die drei Häuser, die Wohnung in der Schweiz ...«
»Na ja«, wurde sie uncharmant von ihrem Sitznachbarn abgewürgt, »das muss sie erstens jetzt alles nicht mehr teilen und zweitens wissen wir nicht, wie es

finanziell um die Reederei stand. Das ist ein hartes Business. Und diese ganzen Domizile mussten ja auch unterhalten werden, in den letzten Jahren. Wenn diese Firma in Australien nicht läuft, vielleicht sogar kurz vor der Pleite steht ...«

Jetzt war es Sissy, die eine verbale Würge-Attacke startete. »Ja aber sie wusste doch noch nicht mal, *wo er war*! Hast du das etwa vergessen?«

»Ach so?«, fragte Eric grimmig, »Woher weißt du denn bitte, dass sie es nicht wusste? Der Eiter hatte ja schon seit Wochen die Vermutung, dass sich Jan-Philipp Paulsen in Stuttgart befinden könnte. Er hat lediglich gesagt, dass er nicht dazu gekommen ist, die Redaktion zu überwachen. Aber ob er unmittelbar nachdem er auf diesen Artikel in der *Rand-Schicht* gestoßen war, Jens Winterbach über seine Entdeckung informiert hat, wissen wir nicht. Das heißt, ich gehe sogar sicher davon aus, dass er seinem Kollegen das sofort mitgeteilt hat. Und der wird es ja wohl kaum für sich behalten haben.«

»Aha! Und nachdem Jara Mason davon erfahren hat, ist sie sofort abgedüst nach Stuttgart. Da hat sie sich dann tagelang vor den Redaktionsräumen auf die Lauer gelegt, bis ihr Bruder aufgetaucht ist. Anschließend hat sie ihn gefesselt, zwangsweise abgefüllt und in die Weinberge verschleppt, um ihm dort eigenhändig das Licht auszuknipsen. Du spinnst ja wohl komplett!«

Sissy war während ihrer letzten Worte immer lauter geworden. Der Flugbegleiter, der hinter ihnen stand und auf die Ansage für die Sicherheitsvorführung, die

vom fliegenden Personal intern als »Wasserballett« bezeichnet wurde, wartete, beugte sich dezent in ihre Reihe.
»Alles in Ordnung bei Ihnen?«
Sissy antwortete maulend: »Ja, ja ... ich sag nur Männer ...«
Zu ihrer Überraschung erntete sie ein verständnisvolles Nicken. Begleitet von einem mitleidigen Gesichtsausdruck, und nachdem er einen kurzen Blick auf Eric Jahn geworfen hatte, sagte er leise zu ihr: »Ich weiß ganz genau, was Sie meinen ... aber er ist ja schon ...«
»Meine Damen und Herren ...«, kam plötzlich eine Stimme aus den Bordlautsprechern, »... hier spricht Ihr Kapitän. Bitte entschuldigen Sie die Verspätung. Der Frankfurter Flughafen hat auch heute wieder einmal nicht damit gerechnet, dass das ein oder andere Flugzeug vorbeikommen möchte, um zu landen ...«
Sissy und der Flugbegleiter fingen gleichzeitig an zu lachen. Auch die umsitzenden Passagiere stimmten mit ein.
Erneut beugte sich der Steward zu Sissy.
»Sehen Sie? Es gibt Ausnahmen. Männer, die witzig sind zum Beispiel. Und Ihrer wirkt doch auch ganz ansprechend. Geben Sie ihm noch eine Chance.«
Als kurz darauf die Ansage zu hören war: »Meine Damen und Herren, wir bitten Sie um Ihre Aufmerksamkeit für ein paar wichtige Sicherheitshinweise ...«, zwinkerte er ihr zu und schwebte, leicht mit der Hüfte wackelnd, nach vorne.
Sissy reckte den Hals und sah ihm nach. Dann sagte sie

leise zu Eric: »Wenn du auch nur ansatzweise darüber nachdenkst, wieder Tomatensaft zu bestellen, gebe ich ihm deine Telefonnummer ...«

THANK YOU FOR TRAVELLING …

Sissy und Eric saßen im Restaurant-Wagen des ICE von Frankfurt nach Stuttgart. Sie hatten mit viel Glück die letzten beiden freien Sitze ergattert, denn der Zug platzte, auch aufgrund der Verspätungen im Flugverkehr, aus allen Nähten. Die Reisenden standen teilweise mit ihrem Gepäck in den Gängen.
Der Geräuschpegel war erheblich, sodass Sissy sich weit nach vorne beugte, um nicht schreien zu müssen.
»Eric, jetzt mal im Ernst … glaubst du wirklich, die Mason hat ihren Bruder umgebracht? Die Frau hat so offensichtlich gelitten und getrauert. Das kannst doch selbst du als Mann, nicht *nicht* bemerkt haben.«
Eric grinste.
»Du bist schon wieder ganz schön frech!«
Dann verschwand das Grinsen.
»Mag sein, dass das so gewirkt hat. Und vielleicht stimmt es auch. Aber wir dürfen unsere Objektivität nicht verlieren. Du weißt, wie schauspielerisch talentiert viele Menschen sind, obwohl sie das nicht beruflich machen. Erinnerst du dich an den Fall mit der Toten am Killesberg? Da saß am Ende sogar die falsche Person im Gefängnis.«
»Ja aber das war doch etwas völlig anderes. Und, wie gesagt, ich kann mir beim besten Willen nicht vorstel-

len, wie sie das hätte machen sollen«, entgegnete Sissy.

»So etwas kann man beauftragen. Da muss man sich nicht selber die feinen Fingerchen schmutzig machen.«

»Also irgendwie beschleicht mich langsam das Gefühl, du hast was gegen die Frau. Und du wirst ja wohl nicht ernsthaft behaupten wollen, Heiko wäre in einen Auftragsmord verwickelt?«

Eric warf ihr einen finsteren Blick zu.

»*Heiko ...* wie du das sagst ...«

Sissy machte ein unschuldiges Gesicht.

»So heißt er halt«, murmelte sie.

»Nein, ich glaube nicht, dass unser Schmalspur-Sherlock da persönlich Hand angelegt hat. Auch wenn ich ihm ansonsten so einiges zutraue. Um nicht zu sagen fast alles! Aber da könnte es ja eine Art Arbeitsteilung gegeben haben – initiert von der Mason. Eiter sucht und findet, jemand anders geht hin und erledigt den Rest. Muss unser Schnüffler ja nicht gewusst haben. Aber möglich wäre es.«

Sissy schaute aus dem Fenster. Der Zug hatte seine Spitzengeschwindigkeit erreicht. Die Landschaft flog vorbei und für einen Moment gelang es ihr, das Stimmengewirr um sie herum sowie das Klappern von Geschirr und Gläsern, auszublenden.

»Nein!«, sagte sie plötzlich zur Zugscheibe.

Dann wandte sie sich wieder Eric zu, der sie gespannt beobachtet hatte.

»Ich spüre ganz einfach, dass Jara Masons Trauer nicht gespielt war. Du bist auf dem Holzweg. Aber wenn es dich glücklich macht, überprüfen wir ihre Vermögens-

verhältnisse. Kai soll das …«
In diesem Moment klingelte ihr Smartphone.
»Wenn man vom Teufelchen spricht. Hallo Kai.«
Sie lauschte ein paar Sekunden still dem unsichtbaren Kai Diesner.
»Okay. So machen wir es. Vielen Dank … was war denn … «
Sissy steckte ihr Telefon in die Jackentasche.
Sie beantwortete ungefragt Erics interessierten Blick.
»Kai hat den Dienstwagen vom Flughafen abgeholt. Er kommt zum Bahnhof und nimmt uns gleich mit ins Präsidium. Es gibt Neuigkeiten. Aber bevor du fragst – mehr weiß ich auch nicht. Die Verbindung ist abgerissen. Du ahnst vermutlich, warum …«
Der ICE war vor wenigen Augenblicken in einen Tunnel gefahren.

»Na ihr zwei Urlauber?«
Kai Diesner hatte sein übliches Honigkuchenpferdgesicht aufgesetzt und manövrierte geschickt das Fahrzeug aus dem hoffnungslos überfüllten Bereich zwischen Bushaltestelle und den Parkplätzen vor dem einen verbliebenen Seitenflügel des Stuttgarter Hauptbahnhofes.
Eric, der lässig auf der Rückbank lümmelte, schüttelte den Kopf.
»Thank you for travelling with Deutsche Bahn … eine Stunde zu spät, Zug bis auf den letzten Toilettenplatz überfüllt und so weiter. Aber die haben echt die Ruhe weg. Ich brauch das nicht so schnell wieder …«
Kai Diesner ließ sich nicht ablenken.

»Wie war Hamburg?«, fragte er Sissy fröhlich, als ob er den Kommentar von hinten nicht gehört hätte.
»Schön. Aber viel haben wir nicht gesehen, wie du weißt. Erzähl mal ... was gibt es für Neuigkeiten?«, versuchte sie in erster Linie sich selbst abzulenken. Denn was zwischen ihr und Eric in der letzten Nacht vorgefallen war, waberte permanent im Hintergrund und Sissy hatte das Gefühl, dass jeder Außenstehende dies wahrnehmen würde.
Ein penetrantes Hupen von links hielt Kai Diesner von einer Antwort ab. Er vollführte ein waghalsiges Ausweichmanöver.
»Lasst uns erst mal so schnell wie möglich von hier verschwinden! Die sind ja wohl alle verrückt geworden.«
»Nö! Die sind nur Zug gefahren. Aber das reicht auch«, brummte der Lümmel im Fond.

WO IST THOMAS?

Die von Dr. Staudt außerordentlich anberaumte Sitzung im Chatroom war in vollem Gange.
Kai Diesner fehlte. Er kämpfte seit einer Stunde mit den australischen Behörden, um Auskunft über die Finanzen der Masons zu erhalten.
Es war hoch hergegangen im Konferenzraum. Es war diskutiert, überlegt, theoretisiert und spekuliert worden.
Irgendwann ebbten die Gespräche langsam ab, wurden leiser, weniger, bis am Ende fast völlige Stille herrschte.
Das Ticken der Wanduhr, die über der Tür hing, hatte die akustische Präsenz übernommen.
Sissy überkam erneut eine bleierne Müdigkeit.
Kein Wunder, dachte sie. Erst klettert man in Weinbergen herum, dann erkundet man stundenlang Stuttgart zu Fuß und anschließend schläft man zweimal hintereinander in unterschiedlichen, fremden Betten. Man fährt und fliegt durch die Gegend, führt dutzende Gespräche … und was kommt am Ende dabei raus? Außer einem privaten Gefühlschaos, Schlafmangel und Muskelkater nicht sehr viel.
Dr. Staudt holte sie abrupt aus ihrem inneren Jammertal in die allerdings auch nicht gerade überbordenderquickliche Gegenwart zurück.
»Herrschaften, wie Sie sehen, sehen Sie nichts. Nach

diesen aufwendigen Ermittlungen mit leeren Händen dazustehen, ist nicht nur äußerst ärgerlich sondern darüber hinaus auch noch höchst unverständlich. Fräu ... ähem, Frau Ulmer, Herr Jahn ... was ist denn mit Hamburg? Könnten, beziehungsweise sollten wir da nochmal ansetzen? Vielleicht liegt das Motiv für die Tat ja doch in der Vergangenheit unseres Opfers.«

Langsam scheint er sich das mit dem Fräulein tatsächlich abzugewöhnen, dachte Sissy, während Eric das Antworten übernahm.

»Ich denke nicht, dass das etwas bringen wird, Herr Dr. Staudt. Dieser private Ermittler hat in Hamburg wirklich jeden Stein umgedreht. Er hat mit allen ehemaligen Freunden, Bekannten und Kollegen von Jan-Philipp Paulsen gesprochen. Teilweise sogar mehrfach. Wir schauen mal, was Kai über die finanziellen Verhältnisse der Masons herausfindet. Die Geschichte mit dem verschwundenen Patent scheint mir eine Rolle zu spielen. Die Frage ist, wie genau.«

»Also ich habe das Gefühl, dass hier in Stuttgart etwas vorgefallen sein muss«, mischte sich Sissy ein. »Dr. Paulsen war so lange hier, also am selben Ort. Das hat er in den zwei Jahren davor ja auch nicht gemacht. Wir sollten uns auf die Menschen konzentrieren, mit denen er in den letzten Monaten zu tun hatte. Und das sind nicht sehr viele. Jedenfalls wissen wir nur von einigen wenigen: Jürgen Mack, Thomas Kleiren und dessen Vater Günther. Was Jara Mason betrifft – es mag angebracht sein, auch in ihre Richtung zu denken. Aber ich halte sie nicht für tatverdächtig oder -beteiligt. Eric und ich sind da unterschiedlicher Meinung.«

»Ach du liebs Herrgöttle von Biberach ... 's gibt Ärger im Paradies«, kam es hämisch vom Chef der Spurensicherung.

Bevor Sissy sich überlegen konnte, ob sie Wolfgang Faul die Zunge herausstrecken oder ihren Mittelfinger präsentieren soll, hatte der Polizeipräsident den überflüssigen Kommentar bereits mit einem missbilligenden Kopfschütteln quittiert.

»Wie weit sind wir denn mit der Suche nach dem Wagen, der am Tatort gesehen worden ist?«, fragte er jetzt die Kommissare Schwämmle und Schober, die zu seiner Rechten saßen.

»Das kann noch Tage dauern«, sagte Erwin Schober. Und seine Partnerin ergänzte: »Es gibt einfach unglaublich viele von diesen Kombis. Und ein Kennzeichen haben wir ja leider nicht ...«

»Nun dann würde ich sagen, wir machen weiter. Frau Ulmer hat in meinen Augen absolut recht. Wir sollten uns an die drei Bekannten unseres Opfers halten. Bestellen Sie alle noch ein weiteres Mal hierher. Viel Erfolg!«

Bei den letzten Worten hatte sich Dr. Staudt bereits erhoben. Kurz darauf erinnerte nur noch der Duft eines teuren Rasierwassers an seine vormalige Anwesenheit.

»Scheint ja irgendwie dein Glückstag zu sein heute«, sagte Eric zu Sissy, als sie ihr gemeinsames Büro erreicht hatten.

»Wie meinen?«, fragte sie abwesend, während sie die

Tür aufschloss.
Eric ließ sich mit seinem ganzen Gewicht auf seinen Drehstuhl fallen, wodurch dieser ein ächzendes, knarzig-quietschendes Geräusch von sich gab.
»Also wie du mit kostbaren Steuergeldern umgehst ...«, tadelte Sissy ihn nicht ganz ernst gemeint und ging zur Kaffeemaschine.
Eric ignorierte den Kommentar.
»Na erst korrigiert sich der Chef selber bei deiner Anrede, dann weist er, wenn auch nonverbal, unser Faultier in die Schranken und am Ende gibt er dir sogar mal recht. Hat man da noch Töne?«
»Neidisch?«, fragte Sissy und drückte schnell den Startknopf der Maschine, die sofort ein lautes Kreisch-Geräusch von sich gab, weil die Bohnen frisch gemahlen wurden. Dabei warf sie Eric, der deshalb keine Chance hatte, etwas zu erwidern, das hörbar gewesen wäre, einen verschlagenen Blick zu.
Er schüttelte nur grinsend den Kopf.
Sissy kippte Milch in ihre Tasse und setzte sich an ihren Schreibtisch.
»Dann lass uns die drei Herren mal einladen. Auf geht's!«

»Maaann, das dauert ...«
Sissy gähnte und schüttelte sich dann.
»Also langsam wird' s merkwürdig«, sagte Eric und schaute auf seine Armbanduhr. »Vater und Sohn Kleiren sollten doch schon längst hier sein. Und dass dieser Jürgen Mack partout nicht erreichbar ist ... ich probier

es nochmal bei ihm.«

Sissy sah ebenfalls auf ihre Uhr. Dann stand sie auf und betätigte den Lichtschalter. Die Dämmerung hatte sich langsam und unauffällig, bis hin zur fast vollständigen Dunkelheits-Metamorphose, angeschlichen und verstärkte die Müdigkeit, von der sie seit dem Leichenfund hartnäckig begleitet wurde.

»Wieder nur die Mailbox«, sagte Eric frustriert und legte auf.

Es klopfte leise an die Tür.

Da Sissy direkt daneben stand, öffnete sie und blickte in das erstaunt-erschrockene Gesicht von Kai Diesner, dem die Strapazen seiner Auslands-Recherche deutlich anzusehen war.

»Ja hallo Kai, komm rein!«, sagte Sissy, zog ihn ins Büro und schloss hinter ihm die Tür.

»Setz dich doch. Kaffee und Keks?«, fragte Sissy, froh über die Ablenkung und die Anwesenheit einer weiteren Person im Zimmer, da mit der Müdigkeit, auch die Gedanken an die letzte Nacht zu ihr zurückgekehrt waren.

»Auja!«

Kai Diesners lächelte matt und ließ sich erschöpft auf einen der beiden Besucherstühle fallen. »Wisst ihr, die Australier sind unheimlich nett und freundlich. Und höflich und lustig und …«

»Aber steinhart wie zehn Jahre alte Känguru-Kacke, wenn es um Auskünfte bezüglich der Finanzen ihrer Landsleute geht?«, riet Eric ins Blaue.

Sissy, die sich just einen Keks direkt aus der Dose in

den Mund geschoben hatte, verschluckte sich und hustete, bis sie krebsrot im Gesicht war.
Während Kai Diesner ihr sanft den Rücken tätschelte, stand Eric auf, goss wortlos ein Glas Wasser ein und reichte es ihr. Dann ging er zu einem der Fenster und öffnete es.
Als Sissy sich beruhigt hatte und wieder in der Lage war, normal zu atmen, sagte Eric zu Kai Diesner: »Sie sollte weniger rauchen. Oder was meinst du, Kai?«

Zwei von Sissy am offenen Fenster gerauchte Zigaretten später, war alles Wesentliche besprochen. Auf die Informationen zu den Vermögensverhältnissen der Masons, von den australischen Behörden und Banken, musste mindestens bis zum nächsten Tag gewartet werden. Der Leiter der Obdachlosenzeitschrift »Rand-Schicht« war telefonisch nicht zu erreichen und das einbestellte Duo, Vater und Sohn Kleiren, war immer noch nicht aufgetaucht.
»Fahr nach Hause, Kai. Du musst auch mal schlafen. Wir halten die Stellung«, sagte Sissy.
Kai Diesner nickte zögernd, wollte allerdings noch schwach Protest erheben, da blies Eric in dasselbe Horn. Er nickte ihm aufmunternd zu.
»Nu hau schon ab! Wir melden uns, falls wir dich brauchen ... oder es bahnbrechende Neuigkeiten gibt. Versprochen!«
Als Kai Diesner sich verabschiedet hatte und das Büro verlassen wollte, stand er einem Mann um die sechzig gegenüber, der, die Hand zur mit den Knöcheln nach

vorne gerichteten Faust geballt und erhoben, direkt vor der Tür stand und ebenso verdutzt dreinschaute, wie er selbst, eine halbe Stunde zuvor.
»Äh, Entschuldigung ...«, stotterte Günther Kleiren, »... ich wollte gerade klopfen.«
»Guten Abend. Sie werden erwartet.«
Er drehte sich zu Sissy und Eric um.
»Soll ich ... ?«
»Nein, Kai. Schönen Abend. Wir machen das. Herr Kleiren, kommen Sie bitte.«
Sissy war aufgestanden. Während Sie Kai Diesner sanft aber bestimmt auf den Gang schob, dirigierte sie Günther Kleiren pantomimisch ins Zimmer.

»Entschuldigen Sie, dass ich so spät bin. Aber mein Thomas ist verschwunden.«
Die Sorge stand dem Dachdeckermeister und Inhaber eines gutgehenden mittelständischen Betriebes deutlich ins Gesicht geschrieben.
»Ich habe zigmal versucht, ihn zu erreichen. In der Firma ist er nicht, daheim ist er nicht und sein Handy ist aus.« Sissy und Eric tauschten einen schnellen unauffälligen Blick. Jetzt sind es schon zwei, die wir nicht erreichen können, dachte Sissy. Irgendetwas stimmt hier nicht.
In ihren Fingerspitzen begann es zu kribbeln.
Eric stand auf.
»Ich bin gleich wieder da«, sagte er und verließ das Büro.
Sissy dachte an die ganze Maschinerie, die jetzt durch

die Fahndung nach den beiden Vermissten und die Mobilfunkzellen-Ortung in Gang gesetzt wurde. Dann konzentrierte sie sich wieder auf ihren Besucher, der unruhig auf seinem Stuhl hin und her rutschte.

»Ist etwas Außergewöhnliches vorgefallen, Herr Kleiren? Kann Thomas vielleicht bei Freunden sein? Oder einfach in irgendeiner Bar oder ... «

»Nein. Sicher nicht!«, sagte Günther Kleiren jetzt mit fester Stimme. »Es ist zwar alles traurig und schlimm gewesen ... das mit dem Tod von Jan, ich meine Herrn Paul, ich meine ...«, seine Stimme wurde wieder unsicher und brüchig, »... Herrn Paulsen ... dem Doktor. Er hat meinen Thomas gerettet ...«

»Ja, Herr Kleiren, das wissen wir schon. Und auch, dass die beiden ein besonders gutes Verhältnis zueinander hatten.«

»Ja genau! Und die Arbeit bei mir im Betrieb macht dem Thommi sogar richtig Spaß, seit er von dem Dreckszeug weg ist.«

Eric kam zurück ins Büro, nickte Sissy zu und setzte sich wieder auf seinen Platz.

Sissy kam plötzlich ein Gedanke.

»Warum ist Ihr Sohn eigentlich so abgerutscht. Gab es einen Auslöser? Einen Grund?«

Günther Kleiren nickte schwach.

»Der Tod seiner Mutter ... damit fing alles an. Er war gerade mal fünfzehn Jahre alt, da ist sie an Brustkrebs gestorben. Er hat sehr an ihr gehangen. Das ist wahrscheinlich bei den meisten Kindern so, aber mein Thomas war schon immer ein bisschen anders. Irgendwie sensibler als andere Jungs. Er kam überhaupt nicht mehr zurecht. In der Schule sackte er völlig ab. Ich war mit mir selber beschäftigt, hab mich in die Arbeit geflüchtet. Ich konnte auch nicht richtig mit ihm sprechen. Und dann hat Alfred sich eingemischt. Ich war zuerst froh, weil ich nicht wusste …«

»Entschuldigung, wer ist Alfred?«, fiel Eric dem Dachdeckermeister ins Wort.

Der Gesichtsausdruck von Günther Kleiren verfinsterte sich.

»Mein missratener Bruder. Er hat Thommi mit hineingezogen, in seinen Drogensumpf. Wissen Sie, wir hatten vor Jahren zusammen eine Firma aufgebaut. Aber Alf … er konnte noch nie gut mit Geld umgehen. Und der Zuverlässigste war er auch nicht gerade. Irgendwann standen wir kurz vor der Insolvenz. Ich hab damals die Reißleine gezogen. Wir haben die Firma verkauft und ich habe kurze Zeit später eine neue gegründet. Ohne meinen Bruder. Er hat seinen Anteil relativ schnell durchgebracht – teure Autos, Alkohol, Partys und dann auch noch Kokain. Als er ganz unten angekommen war, nichts mehr hatte und beinahe auf der Straße gelandet wäre, habe ich ihn bei mir angestellt. Er hat mir leid getan und er war schließlich immer noch mein Bruder. Aber das war ein Fehler. Ein großer Fehler sogar.«

Günther Kleiren bedankte sich für das Glas Wasser, das Eric ihm eingeschenkt und hingestellt hatte. Er trank einen Schluck, dann sprach er weiter.

»Alf hatte mir hoch und heilig versprochen, er würde nie wieder Drogen nehmen. Getrunken hat er noch. Al-

lerdings nicht im Übermaß. Dass er mich die ganze Zeit über angelogen und mir etwas vorgemacht hat, wurde mir erst klar, als es zu spät war. Wissen Sie, anfangs, kurz nach dem Tod meiner Frau, war ich froh, dass Alf sich um Thommi gekümmert hat. Die beiden schienen sich gut zu verstehen, waren oft zusammen. Ich habe zwar gemerkt, dass Thommi sich nach und nach verändert, aber er wirkte zunächst sogar eher entspannt und wurde von Tag zu Tag fröhlicher. In der Schule lief es auch wieder besser. Allerdings kippte das irgendwann. Er war oft über Nacht weg, wobei ich dachte, er hätte vielleicht eine Freundin ... ist ja normal in dem Alter ... aber dann rief mich seine Klassenlehrerin an. Er hatte oft die Schule geschwänzt, Entschuldigungen gefälscht und die blauen Briefe, die mir deshalb geschickt worden waren, hat er irgendwie geschafft, abzufangen. Danach war er wochenlang verschwunden. Ich bin fast durchgedreht, solche Sorgen hab ich mir gemacht. Ich hab ihn sogar vermisst gemeldet. Aber er blieb für Wochen einfach weg. Bis eines Tages Jan, ich meine Dr. Paulsen bei mir in der Firma aufgetaucht ist.«
Günther Kleiren griff erneut nach dem Wasserglas, da klingelte das Telefon auf Sissys Schreibtisch.
Sie meldete sich und lauschte.
Während sie zuhörte, griff sie nach einem Notizblock und schrieb ein paar Worte darauf. Dann riss sie den Zettel ab und reichte ihn an Eric weiter.
Eric las: Fahndung nach Mack abblasen.
Er verließ wortlos das Büro, um die Kollegen zu informieren. Als er zwei Minuten später zurück war, legte

Sissy gerade auf.

»Ich erzähl' s dir später«, beantwortete sie seinen fragenden Blick.

Eric nickte, setzte sich wieder auf seinen Stuhl und sagte: »Bitte, Herr Kleiren, fahren Sie fort.«

»Ja ... also, wie gesagt, eines Tages stand der Jan bei mir im Büro.«

»Wann war das genau?«, wollte Sissy jetzt wissen.

»Vor acht Monaten. Er hat mir gesagt, Thommi wäre auf dem Weg der Besserung, bräuchte aber noch etwas Zeit. Ich wollte natürlich sofort zu ihm, aber Jan hat mich überzeugt, dass es besser wäre, wenn wir damit noch warten.«

Jetzt war es Eric der dazwischen fragte.

»Wieso haben Sie diesem Mann so vertraut? Er war doch ein Fremder.«

Günther Kleiren holte tief Luft.

»Sie haben ihn nicht gekannt, oder? Nein, natürlich haben Sie das nicht. Der Jan war anders, irgendwie besonders. Ich kann das schlecht erklären. Aber ja, ich habe ihm vom ersten Moment an vertraut. Mehr kann ich dazu nicht sagen.«

Die Guten sterben immer zu früh, die Arschlöcher werden hundert, dachte Sissy nicht ganz tatsachengemäß und einigermaßen undamenhaft.

»Verstehe ... «, sagte Eric, »... erzählen Sie weiter, bitte.«

»Im Juli war Thommi dann wieder da. Er hat angefangen bei mir zu arbeiten und seit kurzem geht er wieder zur Schule. Er muss natürlich ein Jahr wiederholen,

aber er ist auf einem guten Weg. Das haben wir alles Jan-Philipp Paulsen zu verdanken. Ich war die ganze Zeit über mit ihm in Kontakt. Wir sind Freunde geworden. Alle drei. Richtig gute Freunde.«
Jetzt kämpfte der gestandene Unternehmer mit den Tränen.
Sissy unterdrückte einen enormen Anflug von Mitgefühl. Sie räusperte sich kurz und fragte dann: »Herr Kleiren, können Sie uns sagen, wovon Dr. Paulsen gelebt hat? Dass er bei Jürgen Mack eine Unterkunft hatte, wissen wir. Aber er musste ja auch essen und trinken und so weiter. Hat er jemals irgendetwas erwähnt, diesbezüglich? Zum Beispiel, dass er im Besitz von etwas Wertvollem ist?«
Günther Kleiren räusperte sich ebenfalls und richtete sich ein wenig auf.
»Der Jürgen hat ihn versorgt. Ich habe Jan auch Geld angeboten. Ich wollte mich irgendwie bedanken, aber er hat abgelehnt. Und einmal hat er tatsächlich gesagt, dass es da etwas gäbe ... eine Art Schatz, wie er sich ausgedrückt hat. Ich erinnere mich noch, wie wir darüber gesprochen haben. Wir saßen zu dritt bei mir im Garten. Thommi, Jan und ich. Mehr kann ich Ihnen dazu allerdings nicht sagen. Außer, dass er gelächelt hat, als er es sagte ... ein Lächeln, das irgendwie traurig wirkte. Ich hatte den Eindruck, dass es mit seiner Vergangenheit zu tun hatte und über die hat er überhaupt nicht gern, beziehungsweise nur sehr selten gesprochen. Deshalb habe ich nicht weiter nachgefragt.«
Eric und Sissy nickten sich zu. Dann sagte Eric: »Gut,

Herr Kleiren. Vielen Dank erst mal. Sie können gehen.«

Die Sorgenfalten waren zurück auf der Stirn des Dachdeckermeisters.

»Wenn ich nur wüsste, wo Thommi steckt. Ich habe ein ungutes Gefühl … «

Na, dann sind wir schon zwei, dachte Sissy. Sie versuchte sich an einem neutral-wirkenden Gesichtsausdruck.

»Das kann ich verstehen, Herr Kleiren. Aber Ihr Sohn wird ganz bestimmt wieder auftauchen. Gehen Sie nach Hause. Vielleicht ist er schon da und wartet auf Sie. Und informieren Sie uns bitte sofort, wenn das der Fall sein sollte oder Sie etwas von ihm hören, ja?«

Dass die Fahndung nach Thomas Kleiren bereits in vollem Gange war, behielt Sissy für sich. Sie fand, dass der Vater des Jungen schon ausreichend belastet war und der stumme Eric schien das genauso zu sehen.

Als Günther Kleiren das Büro verlassen hatte, zog Sissy ihre Jacke an.

»Komm! Wir müssen los.«

Eric blieb sitzen und rührte sich nicht.

»Würden mir gnä' Frau auch verraten, wohin wir *los müssen*?«

Sissy trat neben ihn und schaute ausnahmsweise auf ihn hinunter.

»Was ist denn das plötzlich? Vertraust du mir etwa nicht mehr?«

Eric stand auf und damit jetzt ganz dicht vor ihr.

»Ich sag es mal so … seit letzter Nacht, mehr denn je.

Falls das überhaupt noch steigerbar war. Ich würde dir sogar meine Kinder, die Katze und meine Waschmaschine anvertrauen.«

Sissy, die jetzt wieder wie gewohnt, den Kopf in den Nacken legen musste, um ihm in die Augen sehen zu können, stammelte: »Du ... hast überhaupt keine ... Wasch ... äh Katze, ich meine Kinder. Oder? Hast du etwa ... ?«

Eric unterdrückte ein Schmunzeln.

»Doch, doch. Ich habe eine Waschmaschine ... stell dir mal das Ding vor! Und nein – Katze negativ. Was die Kinder angeht ... «

Er wurde ernst und zögerte einen Moment. Sissy merkte, wie sich ihr Magen zusammenkrampfte. Sie hielt die Luft an und ihr wurde schummrig vor Augen.

»... dazu kann ich nur sagen: Keine, von denen ich weiß.«

Als die beiden Kommissare den Flur entlang Richtung Ausgang unterwegs waren, sagte Eric zu Sissy: »Körperverletzung und anschließende Entführung eines Polizeibeamten ... du weißt schon, was du dafür vom Richter bekommst, oder?«

Sissy blickte stur geradeaus.

»Mach dir wegen mir keinen Kopf. Ich krieg mildernde Umstände. Verlass dich drauf!«, sagte sie grimmig, während ihr Kollege sich theatralisch den minimal schmerzenden Oberarm hielt.

NÄCHTLICHE GRABUNG

Nachdem Sissy Eric für seine freche Neckerei in den Arm gezwickt hatte und nun neben ihm im Dienstwagen saß, verriet sie ihm, wohin die Reise gehen sollte.
»Wir fahren zu Jürgen Mack. Er hat vorhin am Telefon darum gebeten, nicht aufs Präsidium kommen zu müssen, weil er sich in der Redaktion seiner Zeitung um einen Notfall kümmern muss. Er hat sich entschuldigt und erklärt, dass er deshalb auch die ganze Zeit telefonisch nicht erreichbar gewesen ist.«
Eric jammerte nicht ganz ernst gemeint: »Zu allen andern bist du immer so nett. Nur ich krieg ständig Prügel und Mecker von dir ...«
Sissy schielte nach rechts und zog die Augenbrauen nach oben.
»Na dann würde ich mich mal fragen, woran das wohl liegen könnte, geschätzter Herr Kollege.«
Ein unverständliches Grunzen war die Antwort.
Danach herrschte für eine Weile Schweigen.
Es war bereits nach zehn und Sissy verspürte plötzlich den Wunsch, vierundzwanzig Stunden am Stück durchschlafen zu können.
Der Verkehr stadtauswärts, Richtung Heslacher Tunnel, war zum Glück verhältnismäßig moderat.
Plötzlich klingelte Erics Smartphone, das er beim Ein-

steigen mit der Telefonanlage des Dienstwagens verbunden hatte.

Die Stimme aus dem Lautsprecher überschlug sich und drückte sowohl Wut als auch Angst aus.

»Do schleichet welche in unserm Wengert rum ... a wa ... schleichet ... i weiß au nedd ... die buddla, oder was au immer ... Sie müsset s o f o r t komma!«

Sissy hatte Marla Haussmann unmittelbar erkannt und bei dem Wort »Wengert« kurz nach rechts zu ihrem Kollegen geblickt. Den fragenden Blick, den sie auffing, beantwortete sie mit einem weniger geflüsterten, als mehr durch die Lippen artikulierten »Weinberg«.

Dann bedeutete sie ihm mittels nach oben gestrecktem Zeigefinger, der kreisrunde Bewegungen ausführte, was zu tun war.

Als das Blaulicht auf dem Dach und das Martinshorn eingeschaltet war, vollführte sie mit quietschenden Reifen, mitten auf der durch Stuttgart führenden, vierspurigen B14 ein Wendemanöver, mit dem sie den einen oder anderen Formel 1-Fahrer durchaus hätte beeindrucken können.

Eric übernahm die Kommunikation, damit Sissy sich auf die nicht unriskante Fahrt konzentrieren konnte.

»Wir sind unterwegs, Frau Haussmann. Wo genau befinden sie sich?«

Die Stimme war nur minimal ruhiger geworden. Aber die Winzerin passte sich automatisch an und verfiel ins Hochdeutsche.

»Ich bin unterhalb ... wissen Sie noch, wo Sie neulich ... ?«

Eric unterbrach sie sanft aber bestimmt, denn jetzt musste es schnell gehen.

»Ja, keine Sorge. Wir sind gleich da. Bleiben Sie dort, am besten in Ihrem Wagen und beobachten Sie die Situation. Aber unternehmen Sie ansonsten bitte nichts. Haben Sie das verstanden?«

»Ja ... a ... «, kam es zögernd aus dem Lautsprecher.

»Gut. Ich werde Sie jetzt nur für einen kurzen Moment in die Warteschleife legen, um die Kollegen zu informieren, dann bin ich wieder bei Ihnen. In Ordnung?«

»Ja ... a ...«

»Bis gleich.«

Er drückte eine Taste um Marla Haussmann zwar in der Leitung zu halten, gleichzeitig jedoch zu verhindern, dass sie mithören konnte.

»KHK Jahn hier«, sagte Eric in das separate Sprechfunkgerät. »Alle verfügbaren Einsatzkräfte nach Fellbach. Nähern an die anschließend folgende GPS-Markierung aus östlicher, südlicher und westlicher Richtung. Bitte Absprache. Keine Sondersignale mehr ab einem Kilometer Distanz. Annäherung mit PKW bis auf hundert Meter. Gebiet absperren. Weitere Instruktionen vor Ort. Ende.«

Sissy nahm die Kurve am Neckartor ein wenig zu sportlich, sodass die Reifen quietschten. Dann ging sie leicht vom Gas und passierte die Kreuzung vor der Schwabengarage. Anschließend beschleunigte sie auf hundert Stundenkilometer. Die beiden festinstallierten Geschwindigkeitsmesser, die linker Hand, mit zirka drei-

hundert Metern Abstand zueinander, auf dem Grünstreifen platziert waren, lösten aus. Aber Sissy nahm dies noch nicht einmal wahr. Sie hörte auch nicht, was Eric zu Marla Haussmann sagte. Sie schickte ein Stoßgebet zum Himmel, dass sich der Verkehr vor dem Mineralbad Leuze zur Abwechslung einmal nicht staute, denn durch die Baustelle auf der Brücke hätten die Autofahrer keinerlei Möglichkeit, auszuweichen. Ihre unausgesprochene Bitte wurde erhört. Sie raste weiter, durch Bad Cannstatt, und jagte dann, an den S-Bahn-schienen entlang, die Nürnberger Straße hoch, stadtauswärts. Hinter dem großen Fellbacher Gartencenter bog sie nach rechts ab. Jetzt herrschte kaum noch Verkehr. Eric schaltete das Martinshorn aus.
Langsam kroch Sissy aus ihrem Konzentrationstunnel zurück in die Realität.
»Wir sind gleich da, Frau Haussmann«, hörte sie Eric sagen.
Dann drückte er den entsprechenden Knopf, öffnete das Beifahrerfenster und holte das Blaulicht ins Wageninnere.
Als Sissy in die untere Straße einbog, von der aus man in die Weinberge gelangen konnte, hatte sich ihr Puls fast normalisiert. Direkt hinter der Einmündung stand ein Streifenwagen.
Sissy schaltete das Licht aus und hielt neben dem Fahrzeug der Kollegen. Jetzt war die Zufahrt versperrt.
Eric betätigte erneut den Fensterheber und sagte leise: »Und? Alle am Platz?«
Polizeiobermeister Esch, der an die rechte Seite des

Dienstwagens getreten war, nickte. Dann fragte er: »SEK?«
Eric schüttelte den Kopf.
»Wir haben uns gegen den ganz großen Bahnhof entschieden. Die Situation ist unklar. Vielleicht sind das ja nur Traubenklauer … oder ein paar Kids, die nichts Besseres zu tun haben. Wir legen jetzt los. Du bleibst hier und lässt niemanden raus oder rein. Klar?«

Sissy und Eric standen zusammen mit Marla Haussmann hinter deren Fahrzeug, am Fuß der Weinberge, direkt unterhalb der Fundstelle des Toten.
»Ich glaub, es sind zwei … erst war es nur einer, aber dann kam noch wer«, flüsterte die immer noch aufgeregte Winzerin.
Plötzlich sah Sissy sie. Zwei dunkle Gestalten bewegten sich, weit oberhalb, inmitten der Reben. Und fast gleichzeitig hörte sie laute Schreie.
Sie und Eric entsicherten ihre Dienstwaffen.
»Gehen Sie zurück in den Wagen und rühren Sie sich nicht von der Stelle«, zischte Sissy in Marla Haussmanns Richtung.
Eric sprach leise in sein Funkgerät: »An alle – es geht los!«
Dann rannten er und Sissy geduckt zu den beiden Reben-Reihen, zwischen denen sich die Gestalten befanden und fingen an, den Hang zu ihnen hinaufzusteigen.
Die Schreie wurden immer lauter.
Sissys Lunge fing bereits nach wenigen Metern an zu brennen. Sch … Raucherei, fluchte sie innerlich und

versuchte, sich vom wieselflinken Eric nicht abhängen zu lassen.

Durch den fast vollen Mond und den klaren Himmel, konnte man die zwei Gestalten bereits relativ gut erkennen.

Und nach wenigen Metern mehr, sah Sissy auch, was die beiden taten. Sie kämpften miteinander.

Auf einmal hörte sie, wie jemand rief: »Polizei! Sofort aufhören! Legen Sie sich auf den Boden. Arme weg vom Körper!«

Oberhalb der Kämpfenden tauchten zwei Kollegen von der Schutzpolizei auf, die ihre Dienstwaffen auf die beiden Kontrahenten richteten.

Der Effekt war jedoch gleich Null.

Jetzt war zu verstehen, was einer der beiden miteinander Ringenden brüllte: »Du Schwein! Du Stück Scheiße! Ich bring dich um! Du sollst sterben! Jemand wie du darf gar nicht leben! Du hättest niemals leben dürfen! Ich bring dich um! Ich bring dich um!«

Sissys Körper war auf einen Schlag so voll mit Adrenalin, dass sie den Hang förmlich hochzufliegen schien.

Plötzlich schaffte es der am Boden Liegende, sich aus der Umklammerung des Anderen zu lösen und stolperte den Hang abwärts. Er kam direkt auf sie und Eric zu.

»Hinlegen! Sofort!«, hörte sie Eric brüllen.

Dann sah sie die Gestalt fallen.

RUBINROT

Der Weinberg war jetzt nicht mehr nur vom Mondlicht allein erleuchtet. Die Scheinwerfer, die von der Spurensicherung aufgestellt worden waren, verursachten eine gespenstische Atmosphäre. Überall warfen die Rebstöcke ihre Schatten, durch die aufkommende Nebelschwaden zogen. Die Kollegen der Kriminaltechnischen Abteilung wirkten in ihren Schutzanzügen wie Astronauten auf einem fremden, hügeligen, mit Wein bewachsenen Planeten.
»Ulmer, Jahn! Herkommen!«
Sissy und Eric, die etwas abseits der Stelle standen, an der sich zwischen den Rebstöcken ein Loch im Boden befand, an dem die Spurensicherung zugange war, wechselten einen Blick.
»Sag mal, der hat doch wohl echt eine Macke, oder? Jetzt reicht es endgültig!«, sagte Sissy und wollte losstürmen, um Wolfgang Faul ein paar warme Worte zum Thema »Umgangston unter Kollegen« mit auf dessen, wie sie hoffte nicht mehr allzu langen, restlichen Lebensweg zu geben. Doch Eric hielt sie zurück.
»Lass dich von dem alten Muffkopf doch nicht immer so provozieren. Das geht nur auf den Blutdruck. Und ich möchte noch ganz lange was von dir haben.«

Die Art, wie er sie dabei ansah, ließ zum wiederholten Mal ihre Knie weich werden. Ihre Wut war wie weggeblasen und so trottete sie jetzt nahezu friedvoll neben Eric her zu dem Erdloch, das sie eine halbe Stunde zuvor entdeckt hatten und das anschließend von der KTU vertieft worden war.
»Was gibt' s, Wolfgang«, sagte Eric mit einem gelangweilt wirkendem Unterton.
»Ha noh ... jetzt bloß nedd so saudomm doherschwätze!«
Sissy wollte gerade Luft holen, da sagte Eric vollkommen unbeeindruckt:
»Deutsch, bitte! Und dann einfach meine Frage beantworten. Wenn es nicht allzu viele Umstände macht ...«
Hinter Wolfgang Faul, dessen Gesicht die übliche, ungesunde Auberginenfärbung anzunehmen begann, sah Sissy plötzlich das breite Grinsen von Sabrina Schönleber.
Jetzt nur nicht lachen, dachte sie, da drückte Wolfgang Faul Eric beleidigt einen Plastikbeutel in die Hand, drehte sich um und stapfte nuschelnd- schimpfend von dannen.
»Des muss i mir nedd ... dann machet euer Glomp doch alloi. I bin doch dohanne nedd dr ...«
Sabrina trat zu Sissy und Eric.
»Er war auf der Geburtstagsfeier seiner Schwiegermutter, als er aktiviert wurde.«
»Na da kann er doch wohl froh sein ...«, sagte Sissy kopfschüttelnd.
Sabrina Schönleber seufzte.

»Im Prinzip schon. Das Problem ist, dass ihm seine Frau immer die Hölle heiß macht, wenn er bei solchen Festen verschwindet, weil er arbeiten muss.«
»Das klingt ja fast so, als hättest du Mitleid mit ihm«, sagte Sissy erstaunt.
»Na übertreiben wollen wir es jetzt aber auch nicht gleich«, erwiderte Sabrina schelmisch-grinsend.
Dann wurde sie ernst und deutete auf den Beutel, den Eric immer noch ungeöffnet im Arm hielt.
»Wir haben schon reingeschaut. Es ist Schmuck.«
Sissy machte große Augen.
»Schmuck? Wieso Schmuck? Nur Schmuck? Sonst nichts?«
Ihre Kollegin nickte.
»Nur Schmuck. Und wieso, weiß ich nicht. Ich weiß ja auch nicht, was ihr erwartet habt …« Sie schlug sich plötzlich mit der flachen Hand auf die Stirn. »Ah … 'Tschuldigung, natürlich … das Patent! Nein, ansonsten ist da nichts. Trotzdem – eines noch … ich bin zwar keine Expertin, aber ich halte die Sachen für ziemlich wertvoll. Schaut mal …«
Sie nahm Eric den Beutel aus der Hand und öffnete ihn geschickt.
»Seht ihr? Das ist eine Art Taufmünze. Sie hat eine enorme Größe und scheint mir antik zu sein. Sie ist aus Gold. Laut Punze ziemlich hochkarätig. Und dann noch das …«
Sissy und Eric betrachteten das Collier, ein Armband sowie zwei Ohrstecker, die Sabrina jetzt in den Händen hielt.

»… das sind, soweit ich das beurteilen kann, Rubine. Das die Stücke zusammengehören, kann denke ich jeder unschwer erkennen. Schaut euch mal die Steine an. Unglaublich schön! Und dann noch dieser Ring hier. Er ist ebenfalls mit Steinen besetzt. Da kann ich jetzt aber echt nur noch wild spekulieren … Diamanten, Brillanten … was weiß ich. Er hat eine Inschrift. Schaut!«
Sissy und Eric sahen sich nacheinander die Gravur an, die sich in der Innenseite des schweren Goldringes befand: »Nichts sonst als Liebe ist Leben«.

SCHICHTEN UND SCHERBEN

»Haben die Damen und Herren der KTU auch tief genug gegraben?«, fragte Dr. Staudt aus dem Lautsprecher.
»Ja«, antwortete Eric. »Bis zur Keuper.«
»Bis zu *dem* Keuper, Herr Jahn«, wurde Eric vom anderen Ende der Leitung her verbessert. Das ist eine bei uns in der Region übliche, gipsartige Gesteinsschicht. Und sie ist männlich.«
»Aha«, erwiderte Eric einsilbig.
Sissy war so müde, dass viele kleine Sternchen vor ihren Augen tanzten. Das Positive an diesem eigentlich nicht gerade vorteilhaften Zustand war, dass sie nicht in unkontrolliertes Gelächter ausbrach, während sie Zeugin dieser skurrilen Deutsch-Stunde wurde.
»Also kein Patent? Kein Prototyp? Keine Unterlagen?«, fragte die Stimme aus dem Telefon.
»Nein«, antwortete der wie Sissy ebenfalls völlig erschöpfte Eric dem für die späte Stunde noch ziemlich munter wirkenden Polizeipräsidenten, der sofort nachlegte: »Aber wertvoller Schmuck! Grund genug, jemanden umzubringen?«
Sissy übernahm, da Eric just von einer enormen Gähn-Attacke heimgesucht wurde. Sie machte es jedoch ebenfalls nicht allzu ausführlich.

»Wäre möglich.«
»Gutgutgut. Dann ab zum Verhör. Der Bericht hat Zeit bis morgen Mittag. Endspurt, Herrschaften.«
Sissy murmelte noch ein »Gute Nacht, Chef«, doch der Polizeipräsident hatte bereits aufgelegt.

Als Sissy und Eric in den Flur zu den Vernehmungsräumen abbogen, sprang Günther Kleiren von einem der Stühle, die links an der Wand standen, auf und kam schnellen Schrittes auf sie zu.
»Was ist mit Thommi? Sie haben ihn verhaftet? Wieso? Soll ich ... braucht er einen Anwalt? Und was ist mit Alf? Waren die beiden etwa zusammen unterwegs? Ich versteh das alles nicht ... was ist hier los?«
Sissy hob beschwichtigend die Hände.
»Herr Kleiren, wir verstehen Ihre Aufregung. Aber wir wissen selbst noch nichts Genaues. Und – nein, erst einmal benötigt Ihr Sohn noch keinen Anwalt. Wenn es soweit kommen sollte, geben wir Ihnen Bescheid. Bitte setzen Sie sich wieder. Es wird sicher nicht allzu lange dauern ...«
Während Sissy gesprochen hatte, hatte sie den Dachdeckermeister vorsichtig am Arm genommen und ihn langsam zu seinem Stuhl zurück bugsiert.
Günther Kleiren öffnete den Mund, sagte aber nichts mehr und setzte sich wieder auf seinen Platz.

Der junge Mann saß aufrecht am Tisch, als Sissy und Eric den Verhörraum eins betraten. Seine Kleidung war erdverschmiert und sein dunkelblondes, halblanges

Haar stand wild in alle Richtungen. Sein Gesicht drückte immer noch Wut und Entschlossenheit aus.
Er wirkt viel älter als siebzehn, dachte Sissy. Aber das ist ja auch kein Wunder, bei alldem, was der arme Kerl schon mitgemacht hat.
Eric drückte die Taste des Aufnahmegerätes.
»Vernehmung Thomas Kleiren durch KHK Ulmer und KHK Jahn. Herr Kleiren, was war da los im Weinberg? Was haben Sie und Ihr Onkel da gemacht? Und warum sind Sie auf ihn losgegangen?«
Thomas Kleiren legte die Unterarme auf den Tisch und sah plötzlich noch zorniger aus als zuvor.
»Warum? Das Arschloch hat Jan umgebracht. Erst wickelt er mich ein, tut so, als wäre er für mich da und zieht mich mit in seinen Dreck. Und dann ... dann ...«
Er brach ab und senkte langsam den Kopf.
Für einige Augenblicke war es mucksmäuschenstill im Zimmer.
Sissy beugte sich nach vorne und sagte: »Wie kommen Sie denn darauf, dass Ihr Onkel für den Tod von Jan-Philipp Paulsen verantwortlich ist?«
Thomas Kleiren richtete sich auf und sah ihr in die Augen. Die Wut in seinem Blick war einer Mischung aus Trauer und Verzweiflung gewichen.
Seine Stimme war nun leise und die Blässe seines Gesichtes schien noch intensiver geworden zu sein.
»Ich weiß es. Ich weiß es ganz einfach. Nachdem Papa ihn an die Luft gesetzt hat, stand ihm das Wasser endgültig bis zum Hals. Er ist immer bei uns und in der Nähe der Firma rumgeschlichen und hat versucht, mich

zu überreden, dass Papa ihn wieder nimmt und ich wieder mit ihm um die Häuser zieh. Und er hat Jan gehasst, weil er ihm die Schuld für seinen Rauswurf gegeben hat …«

»Moment!«, wurde er von Eric unterbrochen. »Das heißt, Ihr Vater hat seinen Bruder entlassen wegen Dr. Paulsen?«

»Nein. Wegen mir. Aber es war Jan, der Papa gesagt hat, wie es dazu gekommen ist, dass es mir so … naja, halt nicht so gut ging, eine Zeitlang … da hat er Alf hochkant rausgeschmissen. Aber der hat natürlich dem Jan die Schuld gegeben. Wissen Sie, ich hab es ja selber erlebt … das sind die Drogen. Da ist nix mehr mit eigene Fehler sehen oder mal nachdenken darüber, was man anderen antut. Das Alf irgendwann was anstellen wird … ich hab es kommen sehen. Als ich das von Jans Tod dann gehört hab, hab ich gleich an ihn denken müssen. Der Jan hatte ja auch kaum Kontakt mit irgendjemand, außer mit dem Jürgen, Papa und mir. Und wir waren Freunde. Jan hat mir vor ein paar Wochen von den Sachen erzählt, die er aus Hamburg mitgenommen hat. Als Erinnerung an seine Frau und seinen Sohn. Und er hat mir auch gesagt, dass er die Sachen dem Weinberg anvertraut hat. Weil er Weinberge gern mochte. Er war ja auch oft dort spazieren, in Fellbach. Spätabends oder nachts. Er hatte die Sachen davor immer bei sich gehabt … auf seiner Reise. Aber dann hat er sich solange um mich gekümmert und bei Jürgen in der Redaktion waren immer so viele Leute. Da wollte er die Sachen nicht lassen. Deshalb hat er sie im Weinberg vergraben. Er wollte den Schmuck holen gehen, bevor er weiterzieht. Papa war da nicht dabei, als wir darüber geredet haben, aber es kann gut sein, dass Alf sich da mal wieder bei uns rumgedrückt und was mitbekommen hat. Ich bin seit Jans Tod hinter ihm her. Und heute hab ich ihn erwischt. Wenn Sie nicht gekommen wären, ich hätte … ich würde … der soll nicht so davon kommen.«

Sissy und Eric einigten sich stillschweigend, darauf zu verzichten, Thomas Kleiren einen Vortrag über das Thema »Selbstjustiz« zu halten.

Eric sagte: »Keine Sorge, Herr Kleiren. Wenn ihr Onkel der Täter ist, wird er bestraft werden. Eine Frage noch … wir haben einen weißen Kastenwagen in der Nähe des Weinbergs gefunden. Er trägt die Aufschrift Ihrer Firma. Sie haben noch keinen Führerschein, richtig? Dann ist Ihr Onkel damit gefahren?«

»Ja. Das blöde Schwein hatte immer noch einen Schlüssel für das Auto. Den hat er wohl einfach nicht zurückgegeben, als Papa ihn gefeuert hat. Ich hab ein Mofa. Mit dem bin ich heute Abend hinter ihm her. Er hat sich den Wagen einfach vom Parkplatz der Firma geholt, nachdem niemand mehr da war. Allein dafür hätte ich ihm am liebsten schon direkt Eine verpasst!«

Die Wut hatte jetzt wieder die Herrschaft über Stimme und Gesichtsausdruck des jungen Mannes übernommen.

Sissy ertappte sich dabei, dass sie verständnisvoll mit dem Kopf nickte.

Sie rief sich innerlich selbst zur Ordnung und sagte

dann: »Wären Sie auch bereit, das alles vor Gericht zu wiederholen?«
»Ja. Auf jeden Fall!«
Sissy und Eric tauschten einen Blick.
»Dann hätten wir da noch eine letzte Frage ... hat Dr. Paulsen Ihnen gegenüber jemals etwas erwähnt von irgendeinem Patent oder einem Bauteil, beziehungsweise einer Erfindung seines Vaters?«
Sissy konnte trotz ihrer Erschöpfung eine minimale Veränderung in den Augen des jungen Mannes wahrnehmen. Thomas Kleiren wirkte für einen kurzen Moment abwesend, doch dann antwortete er mit fester Stimme: »Nein. Keine Ahnung. Jan hat nicht so viel über Früher geredet.«
Eric beendete die Vernehmung und schaltete das Aufnahmegerät aus.
»Gut, Herr Kleiren. Das war es für's Erste. Sie können gehen. Ihr Vater wartet draußen auf Sie. Wir melden uns.«

Eine halbe Stunde später saßen Sissy und Eric zusammen mit Edeltraut Schwämmle und Erwin Schober in ihrem Büro.
Letztere hatten, während Sissy und Eric mit Thomas Kleiren gesprochen hatten, dessen Onkel verhört.
»Und er hat wirklich kein Wort gesagt?«, fragte Sissy schleppend. Mittlerweile war sie so müde, dass sie sich kaum noch auf dem Stuhl halten konnte.
Erwin Schober schüttelte den Kopf.
»Nein. Kein einziges. Er hat die ganze Zeit nur stur auf

den Tisch geglotzt. Aber ich bin mir sicher, dass er es war.«
Eric unterdrückte ein Gähnen, während Sissy dem ihren zeitgleich freien Lauf ließ, und sagte: »Na wie dem auch sei ... er bleibt erst mal über Nacht unser Gast. Wenn er wirklich so hochgradig koksabhängig ist, wie es den Anschein hat, wird er spätestens morgen Vormittag anfangen, ziemlich gesprächig zu werden. Und jetzt – ab nach Hause, alle Mann!«
Erwin Schober stand auf.
Sissy und Edeltaut Schwämmle blieben sitzen.
»Was ist denn mit euch los?«, fragte Eric, der schon an der Tür war.
Sissy zeigte mit letzter Kraft erst auf ihre Kollegin und dann auf sich selbst.
»Vielleicht fühlen wir uns nicht angesprochen ... so ... ?«
Erwin Schober grinste, trat neben seine Lebensgefährtin und nahm sie liebevoll in den Arm um sie vom Stuhl in die Höhe zu ziehen.
»Komm Schätzle ... mir ganget Hoim.«
Als Eric sich nun ebenfalls bewegte und auf Sissy zukam, hielt sie den Atem an.
Er stellte sich hinter sie, beugte sich zu ihr hinab und flüsterte ihr ins Ohr: »In deinem Koffer ist noch Wein ... soll der etwa schlecht werden?«
Edeltraut Schwämmle und Erwin Schober waren schon fast aus der Tür.
»Gute Nacht, ihr zwei.«
»Bis morgen.«

Sissy winkte matt zurück.
»Nächtle. Schlaft schön …«
Die Bürotür fiel leise ins Schloss.
Eric stand immer noch über sie gebeugt da. Sie hatten sich beide nicht bewegt. Sie spürte seinen warmen Atem an ihrem Hals und fühlte, dass seine Lippen sich auf ihr Ohr zubewegten. Jetzt war es nicht mehr die Müdigkeit, die sie lähmte.
Dann flüsterte sie: »Im Leben nicht. Wein verderben lassen ist eine Todsünde!«

LAUSCHANGRIFF

»Herrschaften … liebe Kolleginnen und Kollegen …«
Dr. Staudt stand an einem etwas abseits platzierten, runden Tisch, um den die Mitarbeiter seiner Mordkommission saßen und ihm andächtig zuhörten.
»… ich habe Sie heute einmal mehr in die Stuttgarter Höhe gebeten, um Ihnen gegenüber meine Wertschätzung und Anerkennung deutlich zu machen. Nicht, dass Sie sich dieser nicht auch abseits einer Einladung zu einem exquisiten Diner, in diesem wunderbaren Etablissement, jederzeit sicher sein könnten …«
Sissy blickte in die Runde, während sie dachte: Was hatte der Chef denn für eine Vorspeise? Verschwurbelte Austern? Komplizierte Entenbrüstchen an Laber-Pastete? Oder vielleicht geschwollene Froschschenkel?
Sie schaute nach rechts und versuchte, in Erics Gesicht irgendeine Regung zu erkennen. Aber ihr Kollege verzog keine Miene.
Während der Polizeipräsident fortfuhr, mit seiner für Sissys Ohren viel zu umständlichen und ausschweifenden Lobeshymne, nahm sie plötzlich eine leichte Bewegung des Tischtuches wahr. Zu ihrer Linken saß Sabrina Schönleber, die zwar, wie alle anderen auch, scheinbar ungerührt und mit voller Aufmerksamkeit ihrem Vorgesetzten lauschte, jedoch zwischen ihrem und Sis-

sys Knie, für niemanden sonst sichtbar, mit der rechten Hand einen Entenschnabel geformt hatte, der nun, da es ihm gelungen war, beachtet zu werden, lautlos zu schnattern begann.

»… ja, Frau Ulmer, Sie freuen sich völlig zurecht!«, wurde ihr auf die heimliche Pantomime folgendes Grinsen vom Polizeipräsidenten unmittelbar fehlinterpretiert. »Auch Sie und der Kollege Jahn haben wieder einmal hervorragende Arbeit geleistet. Und ich bin mir sicher, dass es uns auch ohne das spontane Geständnis unseres Hauptverdächtigen mühelos gelungen wäre, dessen Schuld absolut wasserdicht nachzuweisen. Die aufgefundenen Dinge … der Trichter, das Klebeband und die anschließenden Abgleiche mit der Rechtsmedizin, sowie die Aussage des Neffen … all dies hätte ausgereicht, um jedes Gericht zu überzeugen. Zum Wohl! Und nun genießen Sie bitte Ihr Dessert und den restlichen Abend. Verbindlichsten Dank!«

Das nun folgende, übliche Fingerknöchelklopfen war der Startschuss für die Service-Kräfte, die elegant die Nachspeise servierten.

Als sich die Espressotassen und Digestifgläser auf dem Tisch tummelten, verabschiedete sich Sissy Richtung Damentoilette.

Sie stellte sich vor den Spiegel und wuschelte sich durchs Haar, da hörte sie, wie eine Stimme hinter ihr sagte: »Also ich glaube ja nicht, dass da noch was zu retten ist!«

Sie fuhr herum und blickte direkt in das breit-grinsende

Gesicht ihrer Freundin Anna Scheurer.
»Was machst du denn hier?«, fragte sie überrascht und schnappte nach ihr um sie an sich zu drücken.
»Wir hatten Glück, dass wir spontan einen Tisch bekommen haben. Wir standen auf der Warteliste. Ich wusste ja, dass du hier bist. Ich hab dir auch eine Nachricht geschickt ... aber dein Telefon ist aus. Und vorhin wollte ich dann nicht stören. Sah irgendwie so staatstragend aus, eure Versammlung. Wollen wir Eine rauchen gehen?«

Sissy und Anna standen auf der Terrasse des Restaurants, von der aus man einen atemberaubend schönen Blick über einen großen Teil der Stuttgarter Innenstadt hatte.
Anna sagte lachend: »Die Story mit dem Heli ist der Knüller! Und das ausgerechnet dir sowas passiert. Eigentlich bin ich doch hier die Hotel-Schnecke ... aber mal was viel Wichtigeres – was ist da gelaufen, mit dem schnuckeligen Eric und dir, in der romantischen Hansestadt?
Zur Verwunderung ihrer Freundin, war Sissy schlagartig vollkommen ernst.
»Das wirst du mir vielleicht nicht glauben ...«, sagte Sissy leise, »... aber es ist nicht das passiert, was du wahrscheinlich denkst. Und doch war da ganz viel ...«
Als sie die verständnislosen Kulleraugen ihrer Freundin sah, musste Sissy doch wieder schmunzeln.
»Wir haben nicht ... du weißt schon ... es kam nicht zum Äußersten. Meine Güte, hört sich das doof an«,

unterbrach Sissy sich selber.
»Was du mir sagen willst, ist doch hoffentlich nicht etwa, dass du dir die einmalige Gelegenheit hast entgehen lassen, mit dem schönsten, sexiesten, lustigsten, charmantesten ...«
Sissy fing an zu lachen und hielt ihrer Freundin den Mund zu.
Dann zog sie ihre Hand wieder zurück.
»Doch. Genau das wollte ich damit sagen. Weißt du, es war irgendwie nicht so, zwischen uns, in dieser Nacht.«
»Aber ihr habt doch im selben Bett geschlafen ... und du warst nackt! Ich versteh nur Stuttgart Einundzwanzig!«
Anna Scheurer nahm zur Beruhigung einen kräftigen Schluck aus ihrem Grappaglas, das sie mit auf die Terrasse geschmuggelt hatte und setzte nach: »Was um alles in der Welt habt ihr denn *dann* gemacht?«
Sissy betrachtete die Lichtsignale des gegenüber auf der Anhöhe thronenden Stuttgarter Fernsehturms.
»Wir haben geredet. Wir waren uns ja schon immer auf eine ungewöhnliche Weise nah ... vertraut. Aber in dieser Nacht war alles noch viel intensiver. Wir haben geredet und – uns gehalten. Geredet, einander zugehört, uns verstanden und festgehalten. Das war so ... nein. Ich habe keine Worte dafür, wie das war ...«
Plötzlich verdunkelte sich das Licht des Eingangsbereiches zum Restaurant.
»Na, die Damen? Störe ich etwa? Hallo Frau Wolkensurferin, auch mal wieder im Ländle?«
Eric steuerte, lässig die Hände in den Hosentaschen,

auf Sissy und Anna zu.

»Huhuuu Eric!«, sagte Anna übertrieben fröhlich. »Neineinein … du störst üüüberhaupt nicht! Ich muss gaaanz dringend mal wieder rein. Nicht, dass meine Familie mich noch bei der Polizei als vermisst meldet … hi, hi! Schönen Abend noch. Ciao meine Süße! Wir sehen uns …«

Weg war sie.

Eric stellte sich neben Sissy und betrachtete nun ebenfalls schweigend die Aussicht über den leuchtenden Talkessel.

Nach einer Weile fasste sich Sissy ein Herz.

»Hast du … was gehört? Ich meine, mitbekommen worüber wir gesprochen haben?«

Eric blickte weiter geradeaus.

»Hmm«, war seine ausführliche Antwort.

»Ah ja«, sagte Sissy.

Langsam wandte Eric sich ihr zu.

»Ich habe das ganz genau so empfunden wie du … da, in dieser Nacht. Andererseits …«

Sie standen sich nun gegenüber und Eric bewegte sich kaum merklich noch ein wenig mehr auf sie zu.

Sissy spürte, wie ihr Mund trocken wurde.

»Jaa?«, krächzte sie leise-flüsternd.

Er legte behutsam und nacheinander beide Arme um ihre Taille und zog sie sanft an sich.

»Du ahnst ja gar nicht, wie viel Selbstbeherrschung ich zwischendurch aufbringen musste, um nicht an dir zu knabbern. Und ich glaube ehrlich gesagt auch nicht, dass ich das so noch allzu lange werde durchhalten kön-

nen.«
Jetzt bewegten sich ihre Lippen aufeinander zu.
Sissy murmelte: »Wie lange noch ungefähr?«
Eric antwortete: »Schätzungsweise noch ziemlich genau zwei Sekunden.«

EPILOG

-1-

Die Hände von Thomas Kleiren zitterten, als er sich an dem Päckchen zu schaffen machte, das Jan-Philipp Paulsen ihm anvertraut hatte. Die einzige, moderate Lichtquelle in seinem Zimmer, im ersten Stock, war die Schreibtischlampe. Durch das gekippte Fenster drangen die Stimmen von Jürgen Mack, einiger befreundeter Nachbarn und die seines Vaters, der am Grill stand und sich um Würstchen und Steaks kümmerte.
Da es für die Jahreszeit noch einmal außergewöhnlich warm geworden war, hatten sie beschlossen, einen letzten schönen Abend im Garten zu verbringen.
Endlich hatte er es geschafft, die Schnur zu entfernen und die Verpackung zu öffnen. Das Erste, was ihm auffiel, war ein Umschlag, auf dem sein Name stand: Thommi.
Er öffnete ihn vorsichtig und begann zu lesen.

Lieber Thomas,

das, was ich Dir anvertraut habe, ist von unschätzbarem Wert. Etwas, das – wenn man verantwortungsvoll und klug damit umzugehen weiß – vielen Menschen von großem Nutzen sein kann. Du hast so unermessliches Leid erfahren müssen, in Deinen jungen Jahren. Und Du hast es geschafft, Dich aus einer schlimmen, scheinbar ausweglosen Situation zurück ins Leben zu kämpfen. Ich traue Dir zu, dass Du wissen wirst, was zu tun ist. Ich glaube an Dich. Das habe ich immer getan. Schon vom ersten Moment an. Es war mir eine große Freude, Dich kennengelernt zu haben. Nun habe ich wohl meine Reise fortgesetzt, sonst hättest Du das Päckchen nicht geöffnet und würdest nicht diesen Brief lesen. Ich weiß nicht, was das Leben noch für mich bereithält. Aber ich hoffe, ich werde von Deiner Entscheidung erfahren und bin mir sehr sicher, dass ich dann voller Stolz und Freude bin.
Auf der nächsten Seite und in den beigefügten Unterlagen findest Du alle Informationen, die Du benötigst.
Ich wünsche Dir alles Gute.
Und irgendwann sehen wir uns wieder. Ganz bestimmt!

Dein Jan

»Thooommi ... komm runter! Die Würstchen sind fertig!«, hörte Thomas Kleiren seinen Vater rufen, als er versuchte, sich mit dem Ärmel seines Pullovers die Tränen vom Gesicht zu wischen.

Er stolperte zum Fenster und öffnete es ganz.

»Ich komm gleich, Papa!«, rief er in den Garten hinunter.

Günther Kleiren legte den Kopf in den Nacken und fragte: »Alles in Ordnung bei dir?«

»Jaha. Alles okay!«, rief er zurück.

Dann schloss er das Fenster und ließ sich auf sein Bett fallen. Er vergrub sich in sein Kopfkissen und schrie einen lautlosen Schrei hinein.

Nichts ist in Ordnung, dachte er. Gar nichts ist in Ordnung.

Als sein Schluchzen nachließ und seine Gedanken langsam begannen, Gestalt anzunehmen, stand er auf und ging ins nebenan liegende Bad.

Er wusch sein Gesicht mit kaltem Wasser, trocknete sich ab und blickte dann in den Spiegel.

Plötzlich lächelte er und sagte zu seinem Spiegelbild: »So machen wir es, Jan. Genau so machen wir es!«

Dann warf er das Handtuch auf den Waschtisch und ging in den Garten.

-2-

Ein Jahr später, Perth, Australien

»Daddy ...«
Das blonde, zehnjährige Mädchen zupfte an der beigen, halblangen Cargohose seines Vaters, der vor einer frischlackiert-glänzenden Yacht inmitten einer riesigen Halle stand und dabei war, den Zustand des Bootes in Augenschein zu nehmen.
Er streifte mit der Hand über den Rumpf und sagte abwesend: »Yes, Sweety ... what can I do for you?«
»Mummy wants to see you.«
Der Mann trat näher an den Rumpf und zog eine Art Lupe aus der Tasche, um die Gleichmäßigkeit der Lackschicht noch genauer erkennen zu können.
»Oh, allright, Sweety ... could you do me a favour and tell Mummy, that I will be there in a few minutes?«
»No! I can't ...«
Der Mann ließ die Lupe sinken und drehte sich um.
»What do you mean, you can't?«
Das Mädchen stemmte die Hände in die Hüften und blickte streng zu ihm auf, denn er überragte sie um mindestens drei Köpfe.
In flüssigem, aber mit einem deutlich englischsprachigem Akzent versehenen Deutsch sagte sie jetzt: »Sie hat gesagt, ich soll dich *sofort* holen.«

Der Mann steckte unverzüglich die Lupe ein und folgte seiner Tochter zu dem gläsernen Bürokasten, der sich am anderen Ende der Halle befand.

Als Jeremy Mason die Tür öffnete, winkte seine Frau ihn aufgeregt zu sich. Sie saß am Schreibtisch vor dem aufgeklappten Laptop und ihre Wangen leuchteten um die Wette mit dem von außen in die Werft einfallenden Sonnenlicht.

»Darling! Schau dir das an!«

Ihr Mann trat hinter sie, um den Bildschirm sehen zu können.

»Eine Zeitungsartikel … hm, yes … well … du weißt, in Deutsch Lesen bin ich nicht so good … kannst du mich bitte erklären … ?«

»Ja, Liebling, das kann ich. Ein junger Mann – stell dir vor, er ist gerade mal achtzehn Jahre alt – hat eine Stiftung gegründet. Sie heißt Jan-Philipp-Paulsen-Stiftung! Dieser Junge plant, gemeinsam mit seinem Vater, der Dachdeckermeister ist und eine Firma hat, und ein paar anderen, die alles Mögliche machen … Elektriker, Bauunternehmer, Architekten ecetera, weltweit Bedürftigen zu helfen. Sie haben schon angefangen damit. Im Moment errichten sie drei Schulen auf Tahiti. Und einige dieser Stiftungs-Mitglieder sind in Italien und Mexico, um beim Wiederaufbau der Katastrophengebiete zu helfen. Aber nicht nur. Die Stiftung ist auch in Deutschland aktiv. Es sollen Unterkünfte für Menschen mit geringen finanziellen Mitteln gebaut werden. Und jetzt kommt das Beste … finanziert wird das Alles durch die Erfindung meines Vaters! Dieser Junge ist alleiniger Besitzer einer Firma, die dieses Bauteil produziert ... du weißt schon ... und die Hälfte des Erlöses jedes einzelnen, ausgelieferten Teils fließt in die Stiftung.«

Jeremy Mason drückte sanft die Schulter seiner Frau und nickte ihr zu. Dann schnappte er sich seine Tochter und hob sie hoch. Sie gab ein fröhliches Quietschen von sich.

Langsam ging er Richtung Tür.

Dort angekommen, drehte er sich noch einmal um und sagte: »Well, Schatz, dann lass uns diese Wunderdinger bestellen ...«

Jara Mason strahlte ihn an und suchte fieberhaft auf dem Schreibtisch nach Stift und Papier.

»Ja, wir müssen schnell sein. Ich hab schon im Internet nachgesehen. Sie kommen natürlich mit der Produktion kaum hinterher. Was denkst du? Wie viele werden wir brauchen?«

»Brauchen? Vielleicht Zweitausend? Aber never mind ... bestelle so viele du willst. Und wenn es Millionen sind ...«

Er zwinkerte ihr zu, während seine Tochter versuchte, ihm aus seinen bis auf die Schultern reichenden Haaren eine Flechtfrisur zu zaubern.

Jara Mason spürte die Anwesenheit ihres Bruders plötzlich so deutlich, als wäre er noch am Leben und würde neben ihr stehen.

»Ich liebe dich!«, flüsterte sie.

»Wir lieben dich auch, Mummy!«, erwiderte die nächste, angehende australische Super-Friseurin fröhlich.

DIE AUTORIN

Sibylle Gugel erblickte 1972 in Stuttgart das Licht der Welt, wuchs jedoch in Schwäbisch Hall auf. Nach einem kleinen Umweg über Paris, kam sie 1992 zurück in ihre Geburtsstadt.
Heute lebt und arbeitet sie in Stuttgart Bad Cannstatt, »auf Augenhöhe« mit den mittlerweile sehr bekannten Gelbkopfamazonen.
»Sie sind schlau, lustig und wunderschön anzusehen. Und sie inspirieren mich mindestens genau so sehr, wie das ein oder andere menschliche Wesen in meiner Umgebung.«

Der erste Fall um Kriminalhauptkommissarin Alissa Ulmer mit dem Titel »Schweres Erbe«, erschienen 2015:

Im Garten einer Villa am Stuttgarter Killesberg wird die Leiche einer jungen Frau gefunden. An Tatverdächtigen und Motiven herrscht kein Mangel, doch wer war es wirklich, der Sarah Urban so brutal erschlagen hat?
Was weiß der zwielichtige Privatdetektiv Heiko Eitler, der am Tatort gesehen wurde?
Die resolute Kriminalhauptkommissarin Alissa genannt »Sissy« Ulmer ermittelt zusammen mit ihrem Kollegen Eric Jahn.
Dabei blicken sie tief in menschliche Abgründe, und geraten schließlich selbst in Lebensgefahr.

ISBN: *978-3-739204-61-1*

TOTES GERICHT

Alissa Ulmer ermittelt

SIBYLLE GUGEL

Ein Stuttgart Krimi

Alissa Ulmers zweiter Fall, erschienen 2016:

Leichenfund am Landesarbeitsgericht.
Das in eine Robe gekleidete Opfer hat keine Papiere bei sich.
Ein neuer Fall für Kriminalhauptkommissarin Alissa Ulmer, genannt Sissy. Es gelingt ihr durch einen Zufall rasch, den Toten zu identifizieren. Doch offen sind die Fragen nach Täter und Motiv.
Sissy leidet während den Ermittlungen zunehmend unter der brütenden Hitze im Stuttgarter Talkessel. Dann tritt auch noch der verrufenen Privatdetektiv Heiko Eitler auf den Plan und ihr Kollege Eric Jahn wird schwer verletzt ...

ISBN: 978-3-743100-12-1